龙武/著

陕西新华出版
太白文艺出版社·西安

图书在版编目（CIP）数据

飞花剪 / 龙武著. -- 西安 : 太白文艺出版社，2025.1. -- ISBN 978-7-5513-2788-6

Ⅰ. I217.2

中国国家版本馆 CIP 数据核字第 2024NX4257 号

飞花剪
FEI HUA JIAN

作　　者	龙　武
责任编辑	张　曦
封面设计	谢东平
版式设计	西　子
出版发行	太白文艺出版社
经　　销	新华书店
印　　刷	三河市华东印刷有限公司
开　　本	710 mm×1000 mm　1/16
字　　数	150 千字
印　　张	10.5
版　　次	2025 年 1 月第 1 版
印　　次	2025 年 1 月第 1 次印刷
书　　号	ISBN 978-7-5513-2788-6
定　　价	48.00 元

联系电话：029-81206800
出版社地址：西安市曲江新区登高路 1388 号（邮编：710061）
营销中心电话：029-87277748　029-87217872

南方市井的模样

——评龙武短篇小说集《飞花剪》

漆宇勤

我从龙武手里要来《飞花剪》的书稿，打印了一份，送给江西省作协一位名家看看，并给它附了一个可能有些哗众取宠的推介评价：大概是南方版的《俗世奇人》。

隔了几天，这位名家回电话给我：你转给我的书稿认真看了，感觉很有韵味，写出了自己的节奏感。这位作者是什么情况，可以推荐给我们关注一下。

据说，这个细节坚定了龙武将《飞花剪》里的各篇故事汇编出版的想法。

认识龙武是2016年左右的事。那时龙武用网名“刀哥”在网络上写鬼故事，他热爱户外运动，也经营微信公众号。他写的故事有很多读者喜欢，但只在本地传播，从来没有在公开刊物上发表。

我跟龙武接触多了之后，鬼故事看得不够认真，但一些关于清代以来上栗街上的市井故事却仔细看了。看了之后，感觉这些作品不仅有情节，更有人物，还有独具特色的语言，这绝不仅仅是个民间故事，而是典型的小说作品。所以我不断建议他投稿给一些文学杂志，并专门给他搜罗整理了一批小说刊物的投稿邮箱。他笨拙地学会了通过邮箱将自己的作品投出去，并很快有了收获，先后有一些杂志选发了他的小说作品并回复了一些肯定的意见。

在《飞花剪》一书定稿后，龙武很是有些遗憾地说，写得最好的那些鬼故事全部被删了，另外还有一部分有些惊悚的故事也都被删了。

我安慰他：正好，留下了纯粹的市井小说。

通读龙武的这批市井小说，感觉一种旧日时光扑面而来，仿佛被誉为“小南京”的上栗街市上各家店铺次第复活，那栗水河里繁忙的舟船靠上码头又驶离码头，那一个个人物栩栩如生、活灵活现地在复古的街道上走动、说话，呈现自己的绝活。通过阅读这些作品，我们可以感知到那个年代上栗的浓郁商业氛围和商业文化。

更有意思的是，书中的一些人物与故事，相互有着关联和时间空间的连贯性。如果我们将它们单独组合起来成为系列，会不由自主对他们所生活的那条街道、那个地域产生强烈的好奇。借由他们的生活环境并持续放大，我们也许就可以体会到赣西市井的风情，也许就可以感知到南方市井的模样。这正是我大胆将其评价为“南方版《俗世奇人》”的原因。

市井小说的意义可能也就在于此：呈现和保留一个地域、一段时期的民俗风情以及群体的性格特征；透过它们所描写的人、事、物来管窥一种更大范围内的社会情境。

《飞花剪》无疑在这个方面做出了自己的努力。至于努力的成效如何，则有赖于时间的淘洗和读者的评判。

《飞花剪》一书中的故事都发生在赣西上栗。这里是赣湘两省交界的地方，有着自己独特的地域风情。禅宗五家七宗之一杨岐派的祖庭正位于这里，道家真人许逊斩孽龙的故事就发生在这里，烟花爆竹的发明祖师李畋也出生在这里……

上栗崇文尚武，民间习武之风盛行，萍浏醴起义之所以在上栗策动和爆发，与这里的豪侠之气不无关联。《飞花剪》中有的作品似乎就脱胎于这一历史事件之中。

上栗崇儒尚道，民间神秘传说众多，元末农民起义和弥勒教的源头星火，与上栗宝华观的道长不无关联。《飞花剪》中有些作品似乎就秉承了这种神秘主义的风格。

很显然，要写好这类作品、写好这些作品，需要对上栗这块土地及其民间文化、历史文化有比较系统的认知和比较深沉的热爱。龙武应该就是这样一个人。他生于斯长于斯，寄情于家乡的山山水水之中，浸润在家乡的文化底蕴之中。正因为如此，才有了《飞花剪》一书末尾几篇对上栗不同乡镇区域自然风土、人文特征解读的文章。这些文章，让本乡本土的人不由得击节。

目录
CONTENTS

飞花剪

民国年间，上栗最有名的裁缝便是南街的“飞花剪”吴裁缝，说起吴裁缝这“飞花剪”的名头，却是有一段由来。

上栗南街的手艺人，都是以职业相称，大多知其姓而不知其名，吴裁缝也不例外，自其来上栗南街讨生活，大家便以“吴裁缝”称呼他。据传，这吴裁缝本是上栗庙冲人，庙冲在上栗一个偏远的山旮旯里。吴裁缝的父亲也是个裁缝，因他做事手脚快，人称“飞剪吴”，但做出来的东西品质一般，所以靠手艺只能勉强维持家用。吴裁缝从小就跟着父亲学手艺，他天资聪颖，心灵手巧，所以小小年纪，名声就已经出了庙冲这个小地方。

吴裁缝人小志大，他并不想和父亲一样，仅仅满足于在庙冲这个小地方安家立业，终老一生。他早就听说上栗南北街是个藏龙卧虎之地，心里盼着有朝一日能在那地方扬名立万，所以默默无闻地帮父亲打下手、做杂事，暗地里却不动声色地琢磨出了一套自己的裁剪方法。

以前，裁缝这个职业季节性很强，平常人家只有到了冬天才会想着做几件新衣服过年。所以冬天一来，吴裁缝便跟着父亲到处帮人家量体裁衣；业务忙的时候，他们还要走出庙冲，甚至晚上加班加点。

机会总是留给有准备的人。

却说吴裁缝十八岁那年，父亲带他到黄家冲一户黄姓人家做工，父子俩忙活了一天，终于将要做的活做完了。冬日时短，眼看着天将摸黑，小吴裁缝帮着父亲将工具收拾好，接了工钱正要回家。刚迈步出门，不承想和一个人撞了个满怀，抬眼一看，父子俩都认出来人是黄家冲黄大户家的管家黄点子。

黄点子不等吴裁缝父子俩发话，便急促地说："快快随我来！"话刚说完，也顾不得和主人家打招呼，拉着父子二人的挑子径直往黄大户家奔去。黄大户家离得不远，这父子俩正疑惑间，三人已经进了黄大户的宅院。

民国年间，黄大户在上栗可是鼎鼎有名。他早年做官，后因世道纷乱，便又弃官经商，利用官场上的旧关系将上栗的鞭炮贩往南洋各地，赚得盆满钵满。

小吴裁缝抬眼看了看黄家气派的大院宅子，然后看到宅子里面人来人往，穿梭忙碌，大家都是一副喜笑颜开的样子，猜想这黄大户家一定是有了什么大喜事。

黄点子带着父子俩七拐八拐，最后在一间厢房前停住，厢房门紧闭，房门木质厚重，上面雕着各色精美花纹，看样式不像上栗本地货，小吴裁缝猜测这东西可能是从南洋运回来的。黄点子恭敬地候在厢房外面："老爷，他们来了。"

不一会儿，从里面走出一位老者，小吴裁缝偷眼瞄去，却见老者须眉皆白，却面色红润，眉宇间透着一股威严，让小吴裁缝感觉浑身有些不自在。老者正是黄大户。

"是'飞剪'吴裁缝吧？"黄大户和蔼地笑问，父亲点头称是。

"嗯，带他们下去安排吧。"黄大户转身对黄点子说，"不要亏待了他们父子俩。"

"是！"黄点子毕恭毕敬地回了黄大户，领着父子俩又是七拐八拐地来到另一间厢房，只见厢房里面摆满了各种精美布料，看得小吴裁缝眼花

缭乱。

望着有些惶惑的父子俩，黄点子这才道明原委："我家老爷今日喜得贵子，但因早产了些时日，所以没来得及准备衣物，知道二位师傅手艺高超，所以今天特地请二位来，劳烦二位今晚连夜赶制出一批衣物，老爷定会重谢。"说完，从贴身口袋里掏出一张纸递给"飞剪吴"。

小吴裁缝见父亲接过那张纸，偷眼瞄去，却见纸上写满了衣物尺寸、选料颜色、样式标准。"飞剪吴"看着那张纸，双眉紧蹙，面露难色，支支吾吾地对黄点子说："这……这……难办哪！"

黄点子点点头，道："我知道这事难办，不然也不会冒昧将二位请到黄家来。我也不瞒你们说，黄家的衣物历来都是由一位本家亲自做的，但这位本家几天前病倒了。老爷是个重情义的人，虽然知道四姨太快生了，但还是想等那位本家病好了后，再请他为孩子做些衣物。谁知四姨太今天下午就为老爷生了个大胖小子，孩子是顺利生下来了，可孩子的衣物到现在还没着落，总不能光着腚子吧。老爷是极好面子的，所以这事你们得帮帮我黄某人，这要是出了差错，我黄某人可担当不起，这事算我求你们了！"

黄点子说完，眼睛里满是哀求的神色。"飞剪吴"低声叹了口气，说："我不是不想帮你，而是怕自己帮不了你。这单子上的衣物，我们父子俩怕是不吃不喝，两天也做不完哪。手艺人不能不讲诚信，我要是随口答应你，明天交不了东西，那不是既让你为难，又砸了我自己的饭碗！"

黄点子一听，急了："你可是上栗有名的飞剪，要是这事你都做不来，那谁还能做得来，你……"黄点子一急，倒是说不出话来了。

此时的小吴裁缝心里却是有了主意，他从父亲手里接过单子，转身对黄点子说："这事我替父亲接下来——明天什么时候要货？"

"飞剪吴"和黄点子一听，都惊讶地望着小吴裁缝，"飞剪吴"声音颤抖："孩子，你开什么玩笑，小小年纪，说话可要注意轻重，黄家的活不是谁想接就可以接得了的。"

黄点子一听小吴裁缝的话，脸上也忽阴忽晴，心想，这孩子年纪轻轻，口气倒是不小，是真有本事，还是在这瞎忽悠？

小吴裁缝笑了笑，安慰父亲道："请父亲放心，这事我自有分寸。"然后又转头问黄点子："明天什么时候要货？"

"哦，哦，最迟明天中午要做完，我才好交差。"黄点子回过神来。看到这孩子信心满满的样子，虽仍心存疑虑，但事已至此，他也没有其他更好的办法，只能死马当成活马医了。想到这，黄点子便点了点头，对小吴裁缝说："果然英雄出少年，今天这事你要办成了，我黄某人感激不尽。"

小吴裁缝心里当然清楚黄点子这句话的分量，他看了看房间里堆着的布料，转过头又问："这些面料，我可以随便用吗？"

"当然，当然，这些布料你尽可以用——但一定要按时按质按量完成单子。"黄点子回答道。他知道"飞剪吴"做事虽然快，但仅仅是快而已，做的东西却谈不上精致，也不知道他这儿子是否和他一样，所以委婉提醒他。

小吴裁缝岂有不明白之理，他也不答话，只将肩上挑子放下，拿出里面的裁剪工具，依次摆放在裁剪台上，然后对着单子，拿起剪刀便忙活开了。这小吴裁缝剪布料，却不似他父亲那般将布料铺在台桌上用尺子量好再裁，只见他先将一块块布料放在台子上，对着单子飞快地用记号笔画好尺寸，然后再将布料抛向空中，布料在空中舒展开来后往下掉，他便拿剪刀顺着布料的记号"咔嚓咔嚓"下剪，不管面料如何飘飞，他都能沿着记号裁剪得分毫不差，这情形有点像今天的服装设计师为模特现场裁剪衣服，但小吴裁缝却比那些设计师做得更优雅、精到。此时，只见满房子的布料在小吴裁缝的剪刀下，如同漫天飞舞的鲜花，看得旁边的两个人眼睛都直了。

"飞剪吴"此时才如梦初醒，他又惊又喜地望着自己的儿子：这就是平日里跟在自己身后打杂的孩子吗？他不敢相信自己的眼睛，心底却又不得不叹服，儿子的技艺已经达到了自己无法企及的高度。他一边望着儿子，一边帮他将那些裁剪好的布料摆好、摞齐，此时，他仿佛是儿子的小跟班了。黄点子也是见过大世面的人，这当儿见小吴裁缝手里的剪刀如同活物一般，在布料之间来回穿梭，那一块块布料不停地扬起，在空中飘飞，瞬间便被剪成各式模样，心中也不由得发出一声赞叹："好手艺！"

此时，厢房外来来往往的人也不由得停下了脚步，惊奇地看着小吴裁缝如同舞蹈般优雅的裁剪动作……

第二天中午时分，黄点子再去厢房验货时，满屋子的布料已经变成了一件件漂亮的婴儿衣服和用品，整整齐齐地码在裁剪台上。黄点子拿着单子一件一件地清点，一件不少；再细看做工，精细又漂亮，连线头都极少，不由得暗暗点头称赞。

这事很快传到黄大户的耳朵里了，黄大户为小儿子做满月酒的时候，特地要黄点子将"飞剪吴"父子俩请了过来，黄大户身穿当时小吴裁缝做的新衣服，笑眯眯地将小吴裁缝从众人中拉了出来，说："小子，你父亲人称'飞剪'，我看你胜你父亲一筹，你不但做事快，而且做出来的东西也好，我送你一个雅号，就在你父亲的雅号中间加一字，叫'飞花剪'吧，怎么样？"

小吴裁缝得此雅号，自是满心欢喜，连连点头称好。

黄大户继续当着众人的面说："我在上栗南街有间商铺，好多人想要租我都不给，今天就当着大伙儿的面告诉你，如果你想去南街混，我就将铺子让给你去做，租金由你来定——你要是不去那里施展你的才华，那就太可惜了。"说完哈哈大笑。

自此，吴裁缝在他十八岁那年混到了上栗南北街，凭着黄大户赐他的"飞花剪"名号，专为上栗的大户人家做衣服，而那得名"飞花剪"的故事，在当时上栗南北街也传为了一段佳话。

上栗活水鱼

民国年间，上栗最繁华的地段，是栗水河两岸的两条街道，南边就叫“南街”，北边就叫“北街”，两条街隔水相望，绵延几里路。两条街中间最繁华的地段修了一座拱形石桥，南北街来往客，大多从石桥上通行，因此，石桥两侧就成了南北街最繁华、最热闹的地方。离石桥约二百米的下游，便是码头。北街是江西码头，主营外销货物，上栗销往外地的货物，绝大部分都集中在码头，通过船运送到渌水，入湘江，然后销往湘江和长江沿岸各省，上栗的特产鞭炮，更是顺水销到了南洋各地。南街是湖南码头，主营内销货物，送鞭炮出去的货运船，再载满各地特产回上栗。上栗南北街石拱桥和码头之间两百来米是最金贵的黄金地段，上栗叫得上名号的商铺，无不以能在此地立足而自豪，上栗叫得响的人物，无不以在此地混出名堂而扬扬自得。无论兵荒马乱的岁月，还是太平盛世的时节，这里都照样商贾云集，车水马龙。桥头算命的柳瞎子说，栗水从上游杨岐山奔流而下，到此处打了个转，恰似神龙摆尾，摆出了一个回水湾，上栗人又在回水湾下筑了个拦水柴坝，龙气全聚于此，南北街焉有不发达的道理？！

闲话少说，言归正传。

却说这黄金地段，有个出名的酒楼，叫聚宝来，聚宝来酒楼紧靠栗水河，当街一字铺开五个门店，整栋楼全部用上等木料搭建，雕梁画栋，古色古香，气派异常。酒楼一楼分作两部分，前半部分用来迎宾待客，后半部分做厨房；二楼是大厅，仅设四五个包厢，主要接待高档酒席；三楼则全部是包厢，专供有钱的客人消费。

聚宝来的主人不是别人，正是当时红遍上栗半边天的聚宝来爆庄老板黄大户！

聚宝来酒楼一年四季宾朋满座，上栗大户人家的红喜事，基本上都将聚宝来列为宴请首选，来往上栗的生意人，也都喜欢到聚宝来吃饭谈生意。桥头柳瞎子说这是因为聚宝来酒楼正好压在龙脊上，占着龙气，因此这财运是挡都挡不住。这当然是迷信的说法，实则是因为聚宝来占着最好的地段，而且最关键的是，聚宝来有一道招牌菜——上栗跳水鱼。这跳水鱼其实就是本地鱼，而且就产自旁边的栗水河。

栗水河穿城区而过，为方便行船和生活，城区下游堵起了一个柴坝，柴坝下藏着不少草鱼。以前的栗水河水质好，鱼肥味美。每天清早，聚宝来派专人下潜到柴坝底部，专挑那些躲在柴坝里面两斤左右的草鱼下套。套住的草鱼立即被送到聚宝来酒楼特制的鱼缸里养着，鱼缸里放着水草，缸口不间断地有活水流入，缸里的环境和栗水河中的环境是一样的，这就极大地保持了草鱼的活性。照聚宝来第一大厨王勺子的话来说，受了惊吓的鱼和心情平静的鱼，蒸出来的味道都不一样！

每天一到用餐时间，聚宝来的食客便渐渐多了起来，吃鱼的顾客来到鱼缸前自己挑鱼，挑中的鱼被捞起送入厨房迅速清除内脏，同时将一个包好的特制中药纱包塞入鱼肚中，鱼身上再撒好作料，然后放到一个鱼头鱼尾露在外面的特制蒸笼里清蒸，大约五分钟时间，鱼便被送上了餐桌。此时鱼香伴着草药香溢满四周，草鱼却仍未断气，鱼嘴还在一张一翕，食客们却再也忍不住，大快朵颐，很快就将草鱼吃得只剩下头尾，若是此时再用筷子拨动鱼头，鱼头似乎还会带动鱼尾跳动，所以此道菜就得名“上栗跳水鱼”。

上栗跳水鱼因为鱼肚里放了特制的中草药，再加上最大限度地保持了鱼的活性，肉质鲜嫩爽口，据说还有强身健体延年益寿的功效，所以上栗跳水鱼不仅是聚宝来的招牌菜，也是上栗的特色菜。

话说这年秋天，正是吃鱼的旺季，聚宝来照样生意火爆，食客川流不息。这天晚上，站在大门口迎客的站堂“鱼肠子”正送走一批熟客，回过头刚走进大门，后面便跟上来几个人。“鱼肠子”一看，当中的一位六十岁上下年纪，童颜鹤发，气度不凡，后面跟着三个中年人，个个太阳穴青筋暴起。“鱼肠子”本也是个练家子，早先自个儿在县城做点小生意，只因猴急聚宝来那碗吃不完的鱼肠子，才跑到聚宝来做了个堂倌，也因此得了个“鱼肠子”的外号。“鱼肠子”本就是个老江湖，一看来的四个人，便知前面的老者是个重要人物，后面三位内家功夫了得，貌似面无表情，实则眼观八方，应该是老者的贴身保镖。他心里有了几分底，随即躬身笑道：“几位爷，三楼请！”

走在前面的老者点了点头，四人径直朝楼上走去，“鱼肠子”深知四位客人非同一般，生怕其他人不明事理，招待不周，紧赶几步到前面引路。到得三楼，“鱼肠子”将四位客人引入临河的豪华包厢。老者却并不落座，而是站在窗边，推窗远眺，目光落到栗水河上，但见河面波光粼粼，河两岸的江西码头和湖南码头人声鼎沸，河面上船只穿梭往来，好不热闹。老者点了点头，自言自语道：“上栗小南京，果然名不虚传。”却是满口外地口音。

“鱼肠子”待老者落座后，便将菜单递了上去，老者摆摆手，说道：“挑上栗的特色菜来几道吧。”

“好嘞！”“鱼肠子”答应着出了包厢门，他认定来的客人非富即贵，于是点了包括上栗跳水鱼在内的几道聚宝来招牌菜，嘱咐店小二将菜送上去，好生招呼客人，然后径直跑去跟主子黄大户汇报去了。

不多时，“鱼肠子”便引着黄大户走进了三楼那个包厢。黄大户一瞧眼前人，顿时便要下拜，惊得旁边的“鱼肠子”眼睛瞪得汤圆似的：黄大户在上栗何等尊贵，见着眼前这老者怎的成了这副模样？

“鱼肠子”正思忖间，黄大户使了个眼色叫他关好门先出去，“鱼肠子”自然明白，他关好包厢门后来到大门口，却再也无法集中注意力招呼其他客人。

约莫过了一个时辰，才见黄大户陪着来人从包厢内出来，几个人说笑着走出聚宝来，却听老者对黄大户说：“鱼是好鱼，肉质鲜美，烹中段而留两头，鱼竟能不死，手艺着实精到，但这做法太残忍了点。依我看，不如将鱼先杀了，然后再去蒸烹，其实蒸出来的效果是一样的，只是少了‘跳水’的噱头罢了。”

黄大户低头称是，又问：“依您老看，改刀后的鱼，叫啥名字更好呢？”

老者略一沉吟，道：“就叫‘上栗活水鱼’吧，上栗水好鱼好，水活鱼鲜，必不输‘上栗跳水鱼’这个名头。”

“好！”黄大户恭维道，“从今天开始，咱聚宝来的‘上栗跳水鱼’就改称‘上栗活水鱼’了。”

眼见着说话声越来越远，再说了些什么，站在大门口的“鱼肠子”便听不清楚了，但“鱼肠子”知道这四人来头很不一般。

第二天，聚宝来果然将以前的菜谱全都换了，排在菜单第一号的“上栗跳水鱼”改成了“上栗活水鱼”，这活水鱼的做法也果真是先将鱼杀好了再蒸。

至于当年那位老者是谁，黄大户却是到死也没有透露半点，倒是民间有些说法。

有人说这老者是当时朝廷派下来的钦差大臣张之洞，他本是到安源视察汉冶萍公司的经营状况，听说上栗手工业发达，经济活跃，便顺便到上栗来了一次微服私访。

也有人说这老者是盛怀宣，当时他的勘探队在上栗地区也探查出了煤藏，于是微服来上栗了解民情民风，为以后在上栗开设煤矿做准备。

当然还有其他说法，但都是市井传闻，到现在已无法考证，现在唯一知道的是，这“上栗跳水鱼”改为“上栗活水鱼”后，名头更盛，至今仍是上栗的一道名菜。

鬼木匠

旧时上栗以花炮闻名，再加上与湖南相邻，交通便利，经济发达，因此上栗素有“小南京”的美誉。

上栗最繁华的地段要数南街了。南街历来为县府所在地，栗水河穿城而过，水路交通便利，南来北往客，无不以南街为中转站。

上栗人以能在南街混饭吃为骄傲，因此，一条小小的南街，却是藏龙卧虎之地！

今天就来说说南街陈木匠的故事。

陈木匠本是上栗陈家沟人，自幼跟了几个有名的木匠师傅学艺，他本就聪明乖巧，加上刻苦勤奋，一根木头到了他的手里，想弄成啥样就能弄成啥样，因此得了个“鬼木匠”的雅号。因他精于木匠手艺，年轻的时候便在上栗南街落户混饭吃。

大凡有点真本事的人架子都大，陈木匠是凡人，自然也免不了俗，手艺好，请他做工的人自然也就多，但大师傅不是随随便便就请得动的。陈木匠给自己立下两条不成文的规矩：一是凡请他做工，必须提前三天跟他打招呼；二是他到雇主家做事，必须餐餐吃肉。

这天早上天刚麻麻亮，只见南街住户吴裁缝拎着半斤五花肉，朝陈木匠住处走去。

陈木匠一般天亮即出门，天黑即收工，无论春夏秋冬皆是如此。此时他正收拾东西，准备出去做工，抬头见吴裁缝走进门来，忙拱手道："吴师傅，有何指教？"

旧时手艺人，都是既相互尊重又相互提防，手艺人都认为自己的手艺才是最重要的，因此对其他手艺人多少有些看不起，但不管哪门手艺，终究也算一个行业，所以有时候又要抱团协作，相互之间得罪不得。

吴裁缝一拱手，笑说："陈师傅辛苦，我家正屋年久失修，房梁腐朽，破败不堪，还请您万忙中抽出点时间帮忙修葺一下。"

陈木匠嘿嘿一笑，说："吴师傅客气，若是有事，传个话就是了，怎敢烦劳大驾！"

吴裁缝会意，忙说："我请王瞎子挑了日子，三天后是吉日——这半斤下酒菜，还请陈师傅笑纳。"

陈木匠也不客气，从吴裁缝手中接过肉，掂了掂，说："肉色鲜艳，好肉哇！"说完，两人都哈哈大笑。

这事就算这么定了！

三天后，陈木匠早早就提着做工的家伙来到吴裁缝家，吴裁缝和妻子周氏已在家中等候，见陈木匠到来，吴裁缝上前抱拳道："手艺人吃百家饭，做百家事，今天正好黄家冲黄大户要我帮少主人做几身冬衣，家里的事情我已交代好媳妇，如有不周，还请陈师傅多多包涵。"

陈木匠一拱手，说："不客气，你忙就是。"

待吴裁缝离去，陈木匠带上工具上屋检查房梁，果见堂屋房梁破败，正厅正梁已经腐朽，如不更换，三五年内正屋必会坍塌，于是将实情告知周氏。

正梁乃房屋最重要的支柱，正梁如若要换，整栋房子必须将房顶梁柱全部拆除重修，工程量赶得上重建一座新房，周氏自然拿不了主意，便对陈木匠说："小哥所说如若是实，那我还得跟家人商量一下，再做打算。"

陈木匠一听，总觉得周氏话里好像有点怀疑他的判断的意思，心下顿

时闪过一丝不快，但仍笑说：“如此甚好，我这就回去，等你们做好决定后再说吧。”说完收拾东西要离去。

周氏一看家中正屋中间的老式座钟，时针指向上午十点，寻思时间还早，于是笑道：“烦劳陈师傅了。”

陈木匠一听，这不明摆着下逐客令吗？自己从艺近三十年，一般不管活多活少，只要是出了门，主家都会管饭，哪里碰到过这样的主顾，受到过这般待遇，心里轻哼了一声，说了句“不烦劳”，转身便回家了。

这事算是搁在陈木匠心里了。

三天后，吴裁缝又提肉来找陈木匠，要把正屋房梁全部更换，商定五天时间准备好木料，陈木匠自然答应。待吴裁缝走后，陈木匠对着吴裁缝的背影又是一声冷哼。

五天后，陈木匠带着一班人马，只花八天时间，就将房梁修葺一新，吴裁缝大为欣喜，决定完工之日在家单独宴请陈木匠。

这天中午，吴裁缝买好酒配好菜，两人你一盅我一盅地喝了起来，陈木匠此前的不快也因吴裁缝的盛情一扫而光。但席间令陈木匠纳闷的是，一直没看到那碗餐餐必吃的上栗小炒肉上桌。

酒足饭饱后，陈木匠内急去茅房，经过内屋厨房时，不经意看到周氏和孩子婆婆正在吃饭，桌上就摆着一大碗小炒肉。陈木匠只觉得血往头上涌，心里直骂吴裁缝一家人不厚道。

从茅房回来，陈木匠对吴裁缝说：“这房梁上还有个地方，我得亲自去处理一下。”

吴裁缝自然应允，只见陈木匠带着工具，也不用梯子，几个纵身便蹿到了屋顶正梁上。吴裁缝心里暗暗赞叹陈木匠好身手。

陈木匠在上面捣鼓了约一袋烟的工夫才下来，拍了拍手上的灰土，意味深长地对吴裁缝说：“好了，吴师傅以后安心住新房子吧。”

此事之后，陈木匠便搬出了南街，一个人到外面做工去了。

两年后，陈木匠又回到了上栗，他回来后的第一件事居然是去吴裁缝家。

陈木匠左手提着半斤五花肉，右手提着两瓶上等番薯酒，向吴裁缝家走去，远远地看到蓬头垢面的吴裁缝独自一人坐在家门口的石阶上，微驼着背正吧嗒着旱烟。

“吴师傅，叫你媳妇把肉炒了，咱哥俩喝一壶，怎么样？”陈木匠话音刚落，似乎感觉到了一丝不妙。

“媳妇？”吴裁缝一声苦笑，“媳妇在半年前就死了。”

“你媳妇死了！怎么回事？”陈木匠大骇。

“房子修葺后，我以为自己完成了一件大事，可是好景不长，这房子闹鬼，平日里倒没事，但每逢刮大风下大雨，总能听到房顶呜呜作响，似有万千冤鬼来索命。我请了道长做法事，也请了工匠检查房梁，各种方法用尽了，但就是没查出原因。于是左邻右舍都认为是鬼神作怪，我母亲本就信鬼神，哪经得起这般惊吓，不久后病倒了，不到半年就走了。我儿子年纪小，一听家里闹鬼，吓得每天心神不宁，一年后不知患了什么病，也死了。南街的人都说肯定是我做了什么见不得人的事，所以遭了报应，后来慢慢地没人请我做工，我更无力从这座鬼宅中搬出去。一年多后，我媳妇精神开始不正常，老是说这个是鬼那个是鬼，半年前掉水沟里淹死了，现在就剩下我一个孤寡老头子等死。”吴裁缝说完，眼角流下了混浊的泪水。

陈木匠伸过手去，用衣袖替吴裁缝将泪水揩去，长叹了一口气，问道：“我只想知道，两年前我在你家吃最后一餐饭的时候，你媳妇为什么不把肉端上来？”

吴裁缝一怔，抬头望着陈木匠，说：“为什么？因为那天的肉买回来后，我媳妇发现肉有点变味了，她悄声跟我说，变了味的肉不好待客。但丢掉又觉得太可惜，于是自家几个人偷偷在厨房吃了，我媳妇多炒了两个其他的菜补上。”

“啊！原来是这样！”陈木匠脑门上顿时冒出了汗，说话哆哆嗦嗦，

“那……我第一天来你家，你媳妇为什么不留我吃午饭，她应该知道……手艺人的规矩呀！”

“那天我出去做工，我母亲带着孙子走亲戚去了，她一个妇道人家，留你在家吃饭，怕街坊说闲话。那天我做工回来后，她还特意跟我讲了这事，我想你应该会理解，不会去计较。”吴裁缝似乎明白了什么，说话的时候，目光死死地盯着陈木匠。

陈木匠全身颤抖，提着酒肉的手直哆嗦。“咚”的一声，陈木匠跪在吴裁缝面前，哽咽道：“陈师傅，我对不起你们一家人，我误会你媳妇了，这孽是我造的。”说完，也不等吴裁缝回答，陈木匠径直进屋，从里间搬个梯子到正屋，对吴裁缝说：“您随我来。”

吴裁缝跟着陈木匠爬上梯子来到正梁上，陈木匠翻开正梁上第三片瓦，指着房梁上马钉后一个不起眼的小孔说：“原因就在这里！”

“原因就在这里？”吴裁缝有些惊讶。

“对，那天完工后，你单请我一个人吃饭，我见你媳妇孩子在厨房偷偷吃肉，便以为你们是有意三番五次戏弄我，于是我吃完饭后重新来到房梁上，在这里钻了个圆形小孔。这个小孔如同一个音孔，平时没什么特殊之处，但一旦遇到下大雨刮大风，风吹进小孔里，便会放大风雨声，如同鬼哭狼嚎一般。我也是第一次做这样的音孔，并不知道效果如何，原意也不过是想戏弄一下你，发泄自己的不满。音孔做完后，我马上后悔了，但又没有勇气对你说，于是第二天便选择远走他乡。这两年来，我睡不安稳，食不甘味，这次回来本是想向你道出真相，却不知已酿下如此大祸。”

陈木匠此时倒是显得异常平静。

吴裁缝苦笑了一声，问：“你为什么要将这些说出来——不说出来没有人知道，你还可以继续做你的木匠。”

“记得有个师傅对我说过：手艺人，绝不能拿自己的手艺去做伤天害理的事！”陈木匠说完，慢慢地将自己的双手伸到正梁的两个马钉当里，听得“咔嚓”一声，陈木匠将自己的两只手拗断了，鲜血瞬间将锈迹斑斑的马钉染得通红。

手艺人将双手看得比性命还重要，陈木匠此时却连哼都不哼一声，满脸决绝。

“吴师傅，我本应以死来向你谢罪，但我知道死不足以洗清我的罪孽，待我帮你向众人澄清后，自会有个了断。”说完，陈木匠从房梁下来，径自离去。

自此，上栗人才知道吴裁缝遭受的莫名灾厄。

最终，吴裁缝不知用什么方法劝说，将双手已废的陈木匠留在了自己身边，两人相依为命，艰难度日。直到十年后，吴裁缝因病去世，吴裁缝无后，陈木匠为其披麻戴孝。

料理完吴裁缝的后事，陈木匠便音讯全无，不知所终。

土墩子

上栗历来民风强悍，乡人多好勇斗狠，人人习武，个个喊打，因此生出许多故事来，今天就来说说土墩子的故事。

话说民国年间，上栗黄家冲来了一对黄姓母子，诉称祖籍上栗，自幼流落关外，近年身边的亲人先后离世，于是两人自关外千辛万苦投亲而来。

黄家族人见是自家人，于是热情款待，细细询问，却发现其投奔的亲戚家早已没了后人，如今只剩一间破旧老屋立在风雨之中。族人可怜这对母子，允其暂时居住在那间破旧老屋中。这对母子将房子稍作收拾，便住了下来。母亲因长年患病，生活仅能自理，勉强在家洗衣做饭。儿子生得脚短膀粗，真名无人知晓，只知其外号“土墩子”。

土墩子天生就有一股蛮力，但并不蛮横，为人忠厚老实，与邻居相处融洽。他每天到外面打点小工，赚钱维持家用。母子俩相依为命，生活极是拮据。

却说这天，土墩子一大早便蹲在上栗老桥边上，等着用工的雇主找他，由于连年战乱，行业凋敝，眼看天已擦黑，却无人搭理。此时其他雇工都已回家，土墩子一个人站在桥上，脸色凝重地望着天边最后一抹云彩，独自想着心事。等那抹云彩慢慢隐于山后，土墩子抬步转身正要离开，身后却传来声音："兄弟慢走，有桩活得麻烦您。"语气极为客气。土墩子回头一看，只见眼前站着个年轻人，生得面目清秀，器宇非凡，不像是跑江湖的生意人，倒更像个书生，便拱手道："谈不上麻烦，有何需要请直说。"

来人自我介绍姓李，从湖南那边贩了点货物到上栗。随后他领着土墩子来到老上栗南街码头，指着水中一艘小船对土墩子说："东西全在船上的四个麻袋里，你帮我将这四个麻袋送到南街吴裁缝的铺子里，报酬为一块银圆。"

土墩子点头答应了下来，随即跳上船去拧了一下麻袋，里面的东西死沉死沉的，一个麻袋怕有两百多斤。土墩子做惯了苦力，只见他一声不吭，双脚往下一沉，双手拧住麻袋两角，"嗨！"地闷了一声，将麻袋稳稳当当地扛到了肩头。

南街吴裁缝的铺子离码头有三四百米距离，土墩子健步如飞，很快就将三个麻袋搬到了裁缝铺，竟是连粗气都不喘一口。正当他奔向小船搬第四个麻袋时，远远地看见一群人围在了小船边，上前一看，领头的是上栗有名的地痞，外号叫"独眼龙"的黄狗子。

此时，黄狗子正带着一帮人要上船搬剩下的那个麻袋，李老板势单力薄，眼看那麻袋就要被黄狗子的手下抬走。土墩子情急之下，冲到黄狗子面前，一抱拳道："一笔难写两个'黄'字，看在兄弟的分儿上，放过我这雇主吧。"

黄狗子抬眼一瞧，认得是土墩子，眼一横，一口唾沫星子喷了过来："谁跟你是兄弟？你也不撒泡尿照照自己。识相的早点滚开，碍着老子的事老子废了你。"

这黄狗子跟过几个打师，是个练家子，一般人不敢招惹他。他仗着自己有股狠劲，带着一帮子小混混在南北街到处收保护费，做生意的人都是敢怒不敢言。去年上栗街上来了一个外地人，带着一帮人打算在南街开个赌场。黄狗子自然带人去收保护费，谁知对方并不买账，黄狗子哪能容几个外地人在自己的地盘上放肆，掏出牛刀就冲过去砍那为首的外地人。谁承想那人是逃犯，当即摸出怀里的盒子炮打了过来，黄狗子避闪不及，正好打在眼睛上。黄狗子狠，一手捂着掉出来了的血红眼珠子，一手挥刀将那外地人剁成了肉泥，之后才摇摇摆摆地去找郎中。好歹命是保住了，眼睛却丢了一只，从此落了个“独眼龙”的外号。因其砍杀的是逃犯，所以官家不但没有追究，反而对其进行了嘉奖，从此黄狗子在上栗南北街更是目中无人、不可一世了。

土墩子自然知道黄狗子说话不掺假，但他却不躲不闪，将年轻雇主掩到身后，不紧不慢地说：“黄爷，咱是做苦力的人，实心眼，只求您放过这位爷，您要愿意，咱打个赌如何？”

“打赌？”黄狗子一看土墩子这土鳖样，不但不避让，还要跟他打赌，忍不住哈哈大笑起来，一群喽啰也跟着大笑。说要论吃喝嫖赌，那可是黄狗子的专长。

黄狗子瞅了一眼低着头闷在眼前的土墩子，主意一定，便有心拿他当猴耍，看他笑话。

只见黄狗子缓缓地将外套脱下，露出一身疙瘩肉，对手下那帮兄弟一声吆喝：“兄弟们，先过来凑个热闹，是咱的东西自然跑不了。”他那帮手下一听，都跑了过来，齐齐地将黄狗子和土墩子两人围在了中间。

黄狗子冷冷一笑，说：“你就是个贱骨头，只有做苦力的份儿，我且问你，你身上毛都没几根，拿什么跟我赌？”

土墩子也嘿嘿一笑，说：“论钱财，咱自然是没有，我看黄爷是个练家子，咱不赌钱财，只赌力气——咱们按上栗的规矩掰手腕，您要是赢了，我哪只手掰的您便砍了哪只手；您要是输了，只求您放过这位爷。”

黄狗子一听，脸上的横肉抖了几抖，狠狠地说：“一口一个爷的，你也就是个做孙子的命——话说在前头，规矩是你定的，到时候你可别怪老子心狠手辣！”说完，脸上泛出红光来，连那只独眼里都冒着凶光。

那雇主李老板一听两人荒唐的赌注，赶紧上前对黄狗子说：“这位爷，要钱我给您，您这赌局就算了吧。”黄狗子这会儿哪里听得进去。李老板见黄狗子不理他，又跑到土墩子这边劝了起来，土墩子笑了笑说：“李老板，您放心好了，有什么事也是我自己的事，与您无关，上栗人说话从来都是一口唾沫一颗钉！”

这时黄狗子手下早已搬过来一张方桌，左右街坊听说此事，也都赶过来看热闹。

此时天色渐暗，栗水河静如一条白练，南街码头灯火通明，人头攒动，热闹异常。

土墩子捋起袖子，露出牛犊子腿一般的手臂，两人的手慢慢合在一起，旁人大喊一声：开始！两只手就如同两根千年老树根一般缠在了一起。

黄狗子长得牛高马大，手臂比土墩子长，自然占了不少优势，这时靠着自己的这个优势，正一点一点地往土墩子那边压，他的兄弟一看黄狗子占了优势，都大声鼓噪加油，而围观的街坊则偷偷为土墩子捏了一把汗。

上栗练家子多，强强相遇，以掰手腕分胜负的不在少数。掰手腕也是狠活，两人势均力敌，全身力道都集中在手腕上，双方较劲，力道越大越危险，稍有不慎，便会落个手腕掰断的下场，上栗掰断手腕的不在少数。

黄狗子虽然稍微占了点优势，但一时掰不下土墩子，许是吃喝嫖赌的事做多了，渐渐显得有些底气不足，不一会儿脸便憋涨得通红，青筋暴起，呼吸粗重，右手竟不由自主地有些抖动。

土墩子看准时机，深吸一口气，大喝一声：“下！”只听得“咚”的一声响，黄狗子的手被稳稳地按在了桌子上，周围立时响起了热烈的掌声。

须知上栗人，练家子都是服强不服弱的，这时黄狗子见自己输了，脸上青一块紫一块，很是难看。但他心里清楚，土墩子在掰下他手腕的那一刻，并没有压着他的手腕向后拗，不然这时候他的右手恐怕已经断了。

他缓缓地站起来，狠狠地瞪了土墩子一眼，嘴里“哼”了一声，在众

人的小声议论中，带着那帮子兄弟灰溜溜地走了。

后来上栗便有好些传闻：

有人说土墩子其实也是个练家子，只是人家练的是内家功夫，从没表露出来过。

有人说土墩子在搬麻袋的时候就知道里面装的是枪支弹药，为了这批军火不暴露，才冒险和黄狗子打赌，把黄狗子撵走。

有人说那李老板其实是革命党人，吴裁缝的铺子是他们的联络点，他在送武器到上栗之前，早就跟土墩子有联系，而土墩子其实是革命党人的眼线。

……

这些传闻孰真孰假，现在难以辨别，不过有两件事是真的：

第一是其后不久的上栗斑竹山起义的武器，大部分确实是通过水路运过来的。

第二是土墩子在他母亲死后，便没了踪影。后来上栗有人在红军队伍里看到有个军官模样的人非常像土墩子，便喊了一声：“土墩子！”那军官回过头来笑了笑，然后随着部队走远了。

此后，便一直没有关于土墩子的消息，但他却活在了上栗人的记忆里。

黄狗子

黄狗子自幼父母双亡，靠着东家一把米西家一口饭长大。黄狗子长大后，因从小缺乏管教，再加上跟过几个师父学过几套拳脚，为混饭吃，便开始在上栗南北街当起了小霸王，成天带着一帮子小混混到处收保护费，耀武扬威、惹是生非。官家自顾不暇，众街坊也是敢怒不敢言，只盼着报应来了天来收他。

黄狗子霸道、欺人，却从不怠慢桥头的柳瞎子，这又是唱的哪一出？原来，黄狗子吃百家饭的时候，有一年天气奇寒，黄狗子穿着一件单衣到处讨吃的，过桥时脚下一滑，竟然冻饿晕倒在桥上。这时柳瞎子正好在桥头，听到响声便摸索过去将黄狗子扶起，然后到桥头商户店里讨了一碗姜汤给黄狗子灌下，黄狗子这才缓过气来。因着这一次的救命之恩，黄狗子认了柳瞎子做干爹，心里也将柳瞎子视为至亲，在外面再怎么横行霸道，在柳瞎子面前也是恭恭敬敬。

柳瞎子自然知道黄狗子的心思，他本无至亲，所以也视黄狗子如己出，两人虽是各过各的日子，但精神上却相互依靠。

柳瞎子不但算命灵，摸骨也准，他给黄狗子摸过后，便对黄狗子说：“狗子，你天生反骨，这辈子只能做恶人，行恶事，才得善终。你要是想做好人，哼哼，定不得好死！”

黄狗子那时只是个小乞丐，人见人欺，哪里想过去称王称霸做恶人，只当柳瞎子拿他开玩笑，柳瞎子却认认真真地拿出自己的积蓄，助黄狗子跟当时上栗有名的拳师去学拳脚功夫。功夫学得差不多后，柳瞎子又将黄狗子叫回县城，从此，他亲自教黄狗子吃江湖这碗饭。黄狗子靠拳脚功夫混日子，果然小日子越过越滋润，全然不似吃百家饭时那副乞丐样，于是便信了柳瞎子的话，专心当起了恶人。

却说清亡以后，四处狼烟，上栗也不太平，会党林立，互争互斗，黄狗子过的是打打杀杀的日子，虽然每次都化险为夷，但也在争斗中被对方一枪打瞎了一只眼睛，差点变得和他干爹一样了，从此落了个“独眼龙”的外号。

自瞎了一只眼后，黄狗子看到了枪支的厉害，知道靠拳脚难以长久在上栗立足，心里头便成天琢磨着怎么弄到枪支武装自己的队伍。这之后黄狗子便留了心眼，他成天用他那一只眼睛望着栗水河上川流不息的船只，鼻子像狗一样嗅着枪支的味道。

这天傍晚，血红的太阳已经挂在了西天，上栗县城却还是一派热闹气象，原来是送鞭炮的船队回来了。上栗能用船队送鞭炮的，也只有黄大户的聚宝来爆庄有这实力。船队回来自然也带足了货，吃的穿的用的，全是外面的新鲜玩意儿，所以船队一靠岸，男女老少便等在了岸边，别说买不买，单是看看热闹也赛似过了个年。

这场面自然也少不了黄狗子，此时他穿着便服，戴着墨镜，正带着几个手下在人堆里穿梭。栗水河两岸围满了人，黄狗子几个手下无聊，眼睛专挑俊俏大姑娘漂亮小媳妇身上瞄，有时还恶作剧地往人家身上蹭，揩着了油便哈哈大笑，直笑得人家大姑娘小媳妇羞答答地跑开去。黄狗子本也好色，便任由手下胡作非为，只当是耍宝取乐子，自己在一旁看热闹。

话说几个人大摇大摆走到了栗水桥上，旁人听到动静，知道是几个恶人来了，胆小的早已站得远远的，让出道来，胆大的也侧目，挪开了位置。这阵势，便如同船行水中，水遇船头两边分，黄狗子等人便以为周围人怕他们，越发得意起来。

可是就偏有不怕死的，这会儿黄狗子他们上来了，有一个便立在黄狗子和几个打手之间。众人看过来，却见此人人瘦身矮，穿着一件不合身的大棉衣，立在桥头像个稻草人，可能是来得晚了，一直站在后头看不到热闹，站在人群后面蹦跶。这会儿黄狗子已上桥，其他人都走开了，他还在桥中间跳来跳去。几个打手伸手就要去拧人，黄狗子却将手一摆，喝住手下，径直走到矮子面前，阴阴一笑道："屎一样高，还敢在我干爹的地盘上撒野?！"

黄狗子这话说的，明白人一听就懂，他是拿这桥当他干爹的私产了，这会儿明的是有意为难矮子，矮子要是不识趣，今天可就有他好受的。大家心里不由得都为矮子暗暗捏了一把汗。

矮子听到有人跟他说话，脚步停了下来。许是跳得有些累了，他紧了紧大衣，往桥栏上一靠，望了一眼黄狗子，又自顾自地看河上的热闹去了。这倒是有趣了，人家想看他的热闹，他倒看起了别处的热闹。黄狗子本想耍耍矮子逗逗乐子，却见矮子不理他，心里的无名火腾地冒了上来，回过头对着手下大叫道："给我扔河里去！"

众手下早就手痒了，只见打手中走出个黑大个，也不搭话，冲上去就要拧矮子。黑大个人高手大，矮子穿的又是大棉衣，这一手过去，抓了个正着。这一抓一扔，也就是一眨眼工夫。

可就在这一眨眼工夫，众人看到矮子还在桥上，倒是黑大个没了人影，有耳尖的似乎听到"咚"的一声响，急忙跑到桥边上去瞧：可不，黑大个正在水中扑腾得欢呢。

这是咋回事？黄狗子使劲揉了揉眼睛，却还是没弄清楚是怎么回事。黑大个明明上去抓住了矮子，怎么突然下了桥，莫不是这桥上坐的算命瞎子多，将鬼招来了？但黄狗子毕竟见过些世面，他剩下的那只眼睛一转，便对手下喝道："还不去救人？丢人现眼的东西！"

这话不知道是骂黑大个还是骂自己。众手下忙着去救人，黄狗子却待在原地不动，他仔细观察着四周的动静：要是有高人暗中出手助矮子，这高人肯定比自己高出不知多少，自己最好还是趁早滚蛋；要是碰巧是黑大个自己用力过猛掉到了河里，这矮子就交给黑大个处理，让他们冤家自个儿了是非。

黄狗子正思忖间，黑大个如落水狗一般来到了黄狗子面前，正值冬天，只见黑大个冷得直哆嗦。黄狗子指着还站在桥边的矮子对黑大个说：“自己的事情你自己去解决。”

黑大个望了望矮子，却见矮子如同局外人一般，也在看自己的热闹。他正犹豫着不敢上前，却见矮子嘿嘿一笑，发话了：“刚才对付你的这招叫痛打落水狗，还想来试试不？”

什么？痛打落水狗？难道刚才黑大个是矮子打下水的？这会儿惊呆的不仅仅是黄狗子，就连旁边看热闹的人都呆住了！没见矮子出手哇，况且黑大个好歹也是个练家子，怎么说下水就下水了？

这话黄狗子不服，他手下冲猪更不服。冲猪可是黄狗子的得力部下，人生得矮，但一身肉却敦实，皮糙肉厚天生一股蛮力，跟过几个师父，练就一身滚地功，瞅着对方空当软肋冲过去撞，像是受伤的野猪一般，所以也就得了个“冲猪”的外号。冲猪这招说来简单，但做起来可不容易，人家都防着呢，可别撞到刀口上了。冲猪撞伤过多少人，他自己也记不清了，但他极少受伤，这可就是功夫了。

这会儿冲猪走上一步，朝矮子一拱手：“承让！”明的是讲讲江湖礼节，却是话音未落，人已如闪电般冲了过去，这招可真阴，若是这时矮子稍有松懈，可就撞了个正着，照冲猪这速度和力道，矮子这身子骨，保不定要到栗水河中间去找人。

说时迟那时快，众人只听得“嗷”的一声，再瞧过去，却见冲猪四肢着地趴在桥边。众人走过去一看，乖乖，冲猪一只手捂着嘴“嗷嗷”地叫着，另一只手正在地上摸索着找牙。

众人骇异地望着矮子，虽说上栗是藏龙卧虎之地，高手众多，但像矮子这等身手，却是少见。练功夫讲究四两拨千斤，但似矮子这般用到化境，众目睽睽之下连摔两个高手，众人却连他怎么出手的都没看清的，真没人见过。

矮子此时却当什么事也没发生，拍了拍手，悠然道："此招叫'狗吃屎'，招式就是'狗'字的写法，立掌当笔，狗来则左手按右手扑，狗进则左手按右脚勾，手脚并用关门打狗，来者必定摔个'狗吃屎'，来得越凶摔得越痛。"

众人似乎听懂了，又似乎没听懂，一时都陷在了回味思索中。

这还不算，他又转过身去问冲猪："我说得对不对呀？"从来都是冲猪伤人，冲猪哪知道受伤如此痛苦，此时可没有工夫听矮子奚落，只顾着蹲一边哼哼去了。

"你到底是什么人？"黄狗子眼见连栽两个得力手下，心下大骇，此时却顾不得去想矮子说的什么狗屁理论。

"别问我是什么人，先问问你是什么人！"矮子语气依旧悠然，"这世上强中更有强中手，你若再听信你那瞎眼干爹，尽干些伤天害理的事，我定戳瞎你另一只眼，叫你跟你那干爹一样。"

这话说得霸气凛然，黄狗子在南北街作威作福这么多年，谁敢当着他的面说这样的话？众人一时怔住了。

等众人回过神来，矮子却已经消失在了夜色下的人群中。

这事很快就在上栗传开了。有人说矮子和柳瞎子是同门师兄弟，柳瞎子犯了门规被弄瞎了双眼，流落到上栗后只得坐桥头以算命为生，柳瞎子心有不甘，所以想培养黄狗子东山再起，矮子是师父派来警告柳瞎子的。也有人说矮子是外地来的，听他口音，一口尖声尖气的北方话，像是故意装出来的，他纯粹是看不惯黄狗子为非作歹，才出手教训一下他。

这些说法总归是嘴上说说，并没有真凭实据。只是从那以后，柳瞎子和他的干儿子黄狗子就从上栗消失了，没人知道他们去哪儿了。

旧上栗故事太多，所以到底是怎么回事，可能没人真正知道！

荣十三

民国年间，上栗的水陆商品贸易基本上都集中在南街转运，这里酒楼商铺林立，商贾名流、脚夫小贩、三教九流，都在此聚集。南街是上栗经济最发达的地方，能在南街混碗饭吃，那就有了人前炫耀的资本，要能在南街混得像模像样，那都是能人。这是题外话。

却说南街住着一家姓谭的，早年在乡下做鞭炮生意赚了不少钱，于是在南街买了一栋上下两层的房子。房子前头临街，后头临水，谭家人住在二楼，将一楼做门店出租。按理说，这样的好地段自然有人抢着来租，但谭家却有一个奇怪的规矩：门店只租给行医的，做其他生意不论出多少租金，一概不租。

这规矩着实奇怪，南街人私下猜测：或许是啥时候有行医的救过谭家人的性命，谭家人对行医的有特殊感情；也有人说，谭家人在买下这栋房子的时候，曾请来风水先生看过地方，风水先生嘱咐谭家人，门店只有租给行医的，才能庇佑谭家后人。这事谭家人自己不说，旁人的说法就永远只是猜测。

在上栗行医，如果只是混口饭吃，那要比其他地方容易，但要想混出点好名声，却又比其他地方难得多。原因其实很简单，上栗自古武风重，操练拳脚，玩套路，人人都有那么几手绝活。俗话说：一个打师，半个药师。说的就是会功夫的人，多半也懂用药。旧时街头走江湖卖狗皮膏药的，总是先来一番杂耍，然后再向围观的老百姓推销伤药；甚至有的狠人先自残，然后再用自己的膏药医治，现身说法，不由得你不信。膏药说不上真有啥立竿见影的作用，无非是江湖人迫不得已的谋生手段而已。但会功夫的人必定会用伤药，这是一定的。道理很简单，打师的基本功就是击打力量和抗击打力量，然后才是技巧，无论是练击打力量和抗击打力量，如果不懂药功，落在身上的明伤暗伤不及时处理，最终可能功夫还没练成，人就已经残废了。上栗人本就好勇斗狠，南街更是帮会混地盘的必争之地，几乎天天有人打打杀杀，你要说在南街看点跌打损伤，卖点狗皮膏药，自然能混口饭，但要让懂用伤药的打师真正信服，没几把刷子可不行。

谭家门店只租给郎中，这事在南街混的大小帮会都知道，所以南街一旦出现斗殴，闹出点血腥味，受伤的一方都是往谭家药铺送。帮会的混子横，治也得治，不治也得治。遇着送来的是小混混还好应付，要是遇上送来的是帮会大佬，那可就要悠着点了，稍有差池，轻则骂娘，往重点整，连店都要给砸了。谭家那铺子，先后来过十二个行医的，大多干不了多长时间，不是被吓跑了，就是被受伤的混子赶走了，愣是没人坚持得下来。

南街人嘴毒，来租谭家铺子的，都只问姓不管名，硬生生地给他们排了个次序。你姓胡，是第五个来租铺子的，得，就叫胡五了，一直排到第十二个姓廖的，人前称“廖十二”，你说损不损。廖十二前段日子让南街的老混混“铁拐李”给赶走了，南街人又瞅着空荡荡的谭家铺子，心里琢磨着：都走了十二个郎中了，看谁还敢来。

这边南街人还在心里嘀咕，那边就有一个后生仔提着行当慢悠悠地来了。南街人一瞅，嘿，瞧这后生，大概三十岁，生得慈眉善目的，怎么看都不像个多厉害的郎中。谭家铺子栽了多少老手、好手，也不去打听打听，谭家铺子是不是他该来的地方！

廖十二本就是被赶走的，药铺行当还留在店里，年轻人便将谭家铺子

盘下来，收拾收拾就开业了。南街人啥世面没见过，这后生面孔生得很，本地有点名气的老郎中都待不下去的地方，一个外地人能经营得下去？于是不作声，就等着瞧热闹。

谭家药铺开业第二天，就有个打架受伤的小混混来到谭家铺子看伤抓药。这后生郎中瞧着伤口，随即从药柜里拿出一个小玻璃瓶，将里面的白色粉末倒在伤口上，简单包扎了伤口后，便云淡风轻地对混子道："休息两天就好了！"

小混混一愣，心下嘀咕：这就好了，你糊弄别人可以，糊弄我可不行。心下拿定主意，嘴上却客套了几句，交钱走人，就等着药不起作用的时候，再过来讹几个钱。

就这么打发了？南街上的闲人也看在眼里，心里却为年轻郎中捏了一把汗：万一过两天伤口没好，这后生郎中可就惨了！前面十二个郎中，好歹能坚持一段时间，这第十三个可就……

到了第三天，那混混果然来了，却不是来砸场子的，而是来送锦旗的，锦旗上写着"妙手回春"四个大字，简直要亮瞎南街人的眼。南街人一下子傻了：这唱的是哪一出？眼睛拐弯看向谭家药铺，左瞧右瞧，瞧不出后生郎中到底有何与众不同。

还没等南街人反应过来，又有混子进了药铺。却说这混子大家都认识，这不是洪江会的冲猪吗？"冲猪"是绰号，只因这小子皮糙肉厚，跟着师父学了一招"滚地冲"，打架的时候往往出其不意地往前一滚一冲，瞬间杀到对方阵营，招数说不上有多狠，但能在短时间内造成对方的慌乱，形成强大的震慑力。冲猪这一招虽然奏效，但一个人率先冲入敌方阵营，对自身造成的伤害也不小，受些皮外伤那是经常的事。这不，冲猪又一次鲜血淋漓地被人扶进了谭家铺子。南街有好事的闲人便也跟了进去，无论如何，得瞧瞧这年轻人的手段，南街已经好久没话题了。

年轻人正好在铺子里头分拣草药，一看冲猪耷拉着脑袋进来，赶紧帮着将其扶到里间的一张病床上，翻开衣裤一看，小腿上和手臂上各有一处

刀伤，伤得不是特别深，也没有伤到大筋络。年轻人帮冲猪清理好伤口，然后从药铺里面拿了个小玻璃瓶出来，拧开盖子，将里面的白色药粉均匀地撒在两处伤口上。说也奇怪，还没等伤口包扎好，刚才怎么也止不住的鲜血已经止住了。包扎好冲猪的伤口后，年轻人将玻璃瓶递给冲猪，嘱咐道："这里有三天的药，明天早上起来换一次药，如果嫌来我这里麻烦，你可以自己在家换，没事，包好。"

就这么简单？冲猪疑惑地看了看眼前的年轻人，他再怎么皮糙肉厚，但这伤口果真三天就能恢复？看着年轻人波澜不惊的表情，冲猪没多说话，由人扶着一瘸一拐地走了。

眼见着冲猪已走远，谭家药铺门前却陡然多了一些闲人，他们瞅着铺子里头忙来忙去的年轻人，一脸的诧异和震惊：一个小小的玻璃瓶能装多少药，那么点药能治好冲猪的伤？这万一要是没治好，啥后果年轻人不知道？

南街总是不缺好事的闲人，他们很快打听到年轻人姓荣，以前在长江边上做药材生意，后来长江那一带不太平，于是跑到了上栗，许是看到上栗经济繁荣，于是来到南街找店铺，想要开家药店过安稳日子。恰好谭家铺子招租，真是瞌睡来了就有人递枕头，他便盘下谭家药铺，做起了郎中。

根据北街人的说法，年轻人姓荣，而且是谭家药铺第十三个租客，北街人便给他取了个名字"荣十三"。这名字不属于那年轻人，只属于南街人。南街人在心里琢磨着：这个荣十三，又能将药铺经营到啥时候呢？

荣十三当然不知道南街人心里的想法，但他跟其他郎中不同，其他郎中往往打出的广告是"华佗再世，包治百病"，就怕病人不来，就怕生意不好，哪管自己降得住降不住。荣三十将药铺收拾好后，却在药铺前挂了个"专治跌打损伤、无名肿毒"的招牌。北街人一瞧，心里头便偷笑：这个招牌可是只有游走四方的江湖郎中才会打出来，那都是混江湖的噱头，说白了就是骗人的，你一个年轻人会有那本事？没那本事你能租下谭家药

铺安安稳稳地赚钱？要知道来谭家药铺看病拿药的多是混子呀。瞧着那招牌，南街人就等着看荣十三的热闹。

但是南街人没看到热闹，看到的倒是冲猪兴冲冲地跑来，老远看到荣十三便大喊："荣兄弟，你那药真是太好使啦，我从没用过这么好的伤药——你那有多少，我全部买了。"

冲猪这么一嚷，听到的人都诧异地望着他，这小子倒是视而不见。冲猪本是个横人，此时兴高采烈的样子倒是显得滑稽了，但也看得出他此时的好心情。

荣十三听到冲猪的声音，放下手中的活计，笑盈盈地从药铺里走了出来。冲猪晃了晃脑袋，拍着荣十三的肩膀笑道："兄弟你可是神医呀，我身上这伤口不但三天就好了，而且竟然连疤都没有，要是早点认识你，老子身上的伤疤可就能少不少了。"说完不禁哈哈大笑起来。

什么？伤口三天就好了？没有疤痕？南街上来来往往的路人可不少，听到这话的人自然也不少。此时大家都停下了脚步，诧异地望着冲猪和荣十三。如果真有这样的好药，那可得买点回去备用，谁没有个跌打损伤的时候。

荣十三的伤药卖得怎么样，不说大家也能明白，更重要的是，"神医荣十三"的名号也传了出去。谭家铺子的生意经冲猪这么一闹，再加上之前医好的那个小混混到处添油加醋地宣传，荣十三的生意一下子好得不得了。

俗话说，人怕出名猪怕壮，这话一点不假。眼瞅着荣十三生意红火，赚得个盆满钵满，便有人眼红了。南街上有个叫苏七的小混混，本来就是个鸡鸣狗盗之徒，此时见荣十三一个外地来的年轻人发了财，心里便起了歹心，想要找机会寻点钱财。

这天晚上，天黑得伸手不见五指，苏七鬼鬼祟祟地来到谭家药铺，想趁着荣十三不注意，溜进药房里顺点财物。他穿过院子来到药房窗户下，却发现药房里亮着灯，便蘸着口水点破纸窗，朝里头瞅去。谁知这一瞅不打紧，直吓得苏七脸色苍白，连滚带爬逃出了谭家药铺。

第二天，南街便有人开始疯传：这荣十三学的是歪门邪道，药铺里藏着毒虫，瞧这架势，说不定他就是养蛊的。

南街人似乎恍然大悟，这小子的医术，说不定用的就是蛊术，难怪见效那么快，敢情瞧好了伤却中了蛊毒了。这些话很快传到冲猪那里，正在赌桌上的冲猪二话没说，丢掉手上的牌九走了出来，从街边肉铺上顺手摸起一把杀猪刀，直奔荣十三的药铺而去。场子里的赌徒瞧见冲猪的架势，也跟着一起来看热闹。

此时荣十三对外面沸沸扬扬的传闻一无所知，正在后院里优哉游哉地切着草药。待到冲猪怒气冲冲地闯了进来，他还一脸诧异地望着冲猪。

冲猪行事莽撞，但却不是莽夫，看到荣十三似乎还不知情，他停在院子当中，双眼瞪着荣十三，道："我且问你，你药铺里那些虫子是干吗的？你是不是养蛊的？"

荣十三一听，瞬间明白是怎么回事，他苦笑着摇了摇头，对冲猪和围过来看热闹的南街人道："请随我来。"

众人随荣十三来到药房，只见里面比其他药铺多了一些坛坛罐罐，荣十三掀开几个罐盖，里面有蚂蚁、蜗牛，甚至还有蛆虫。荣十三平静地说道："治跌打损伤的药，确实是这些虫子制成的。"

众人一听大惊，果然不出所料，这外地来的年轻人，学的都是些歪门邪道，什么狗屁神医，拿些毒虫来祸害人。

冲猪更是喘着粗气，怒道："今天你要是说不清这事，我就将你剁了扔到栗水河去喂鱼！"

荣十三点了点头，又摇了摇头，自言自语道："师父不准我开药店，果然是有道理的。"

随后，他指着药铺里的坛坛罐罐解释起来："治疗跌打损伤无非是这三步：第一步，清除坏死的腐肉；第二步，治疗好创伤；第三步，修复伤口。我这些虫子可都是药。"说完，他从一个坛子里捞出一把蛆虫，继续

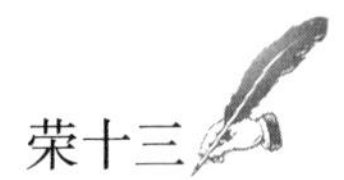

说道："想必大家也清楚，大凡受了外伤，若是不及时处理，伤口便会溃烂，伤口溃烂的地方便会长这种蛆虫。这蛆虫看着虽恶心，却能将腐肉给清除掉，对于避免伤者伤口感染、加快愈合，有着神效。"

荣十三将扭动的蛆虫重新放进坛子中，然后从另一只罐子中捞出几只蚂蚁，对众人说道："这可不是普通的蚂蚁，这是北美的红蚁，当地人受了伤有伤口，便是抓住这种蚂蚁，让蚂蚁咬住裂开的伤口。这种蚂蚁的唾液里会分泌一种东西，能够很快地愈合伤口。所以，这种蚂蚁很是金贵，即便是我，也只养了几罐带在身边。"说完，荣十三将红蚁小心翼翼地放回罐子中。

荣十三又打开另一只罐子。"我知道，这是蜗牛。"冲猪一看到里面的东西，便说了出来。

荣十三点了点头，说道："这是蜗牛，蜗牛能分泌一种黏液，这种黏液具有很强的修复功能，能够有效修复伤口疤痕。"

荣十三转过身，走到药房柜台前，拿出一瓶白色药粉，对众人道："将这三种虫子风干，碾成粉，按不同的分量搭配，就成了你们手中的那些白色药粉。"

众人听得一惊一乍的，但似乎找不出他话里的破绽。

良久，冲猪大手一挥，面对众人吼道："我荣兄弟光明正大经商，今后谁要是再在背后说三道四，我冲猪第一个不答应。"说完，转过身对着荣十三作了个揖："今天实在鲁莽，还请荣兄弟原谅。"说完，径自走出药铺。

谜底揭晓，众人顿觉无趣，也就一一离开了。

荣十三望着众人离去，无奈地摇了摇头：今天要是不解释清楚，怕是出不了这药房的门，但是解释清楚了，自己在此地便再也无法立足了。

第二天，谭家药铺大门紧闭，待到南街人发觉，屋内早已空无一人，谭家人和荣姓年轻人都不见了。

有人说，头天晚上看到谭家人到码头租船，和荣十三连夜一起走了。

这事蹊跷，南街人怎么也琢磨不出其中的道道。谭家房子还在，由谭家一亲戚接管了，谭家亲戚将药铺改成布店，自己经营起了布匹生意。

至于谭家人和荣十三去了哪里，至今没人知道。

但是不久后，南街又出现了一位专治无名肿毒、跌打损伤的郎中，郎中姓郑，郑郎中用的祖传药方是膏药，治疗无名肿毒、跌打损伤，一贴见效。

据南街的闲人说，郑郎中祖上便是行医的，但医资平平，靠着行医，也就能养家糊口。这突然冒出来的膏药，似乎与荣十三有关。有人说荣十三要走的那天晚上，将医治无名肿毒、跌打损伤的药方偷偷给了郑郎中，但是将药方里的红蚁换成了蚯蚓，用蚯蚓代替红蚁不仅解决了药材短缺的问题，而且降低了成本。也有人说郑郎中那天也在现场，听了荣十三药粉的秘密后，他受到了启发，自己琢磨出了一个新的药方。

这些坊间传闻说得神乎其神，也就让南街人多了不少饭后谈资。不过，郑家靠着这个祖传膏药，却是在上栗南街混出了响当当的名声。

螳螂捧

清朝末年，上栗花炮经济空前发达，那时候栗水河两岸都有停船码头。北街码头叫江西码头，上栗各个爆庄的鞭炮运到码头仓库，然后装船顺水而下，走渌水穿湖南，入湘江到长江，发往全国各地，甚至出海到南洋。南街码头叫湖南码头，鞭炮运出去，总不能空船回上栗，于是鞭炮卖到哪里，便在哪里采购一船当地的特产或是各种鞭炮原料运回上栗。船到上栗，早已有一批人站在码头上等候，运回来的东西转眼就分个精光，一部分走入南街各个店铺，一部分分散到了上栗其他地方。北街码头货源在江西，行船人习惯叫江西码头，因为是顺水而下，所以又叫下水码头；南街码头货源来自全国各地，汇集湖南运到上栗，所以行船人习惯叫湖南码头，因为是逆水而上，所以又叫上水码头。那时候上栗遍布大大小小的爆庄，农闲时候家家户户从事鞭炮生产，栗水河上船来船往，江西码头和湖南码头隔河相望，两边行脚的相互吆喝打听行情，好一派热闹场景！

那年头虽说全国乱成一锅粥，上栗也好不到哪儿去，但朝廷自顾不暇，根本管不到地方，上栗人靠着鞭炮行当，走南闯北，苦头没少吃，钱也没少赚，所以相比其他地方的经济萧条、老百姓背井离乡，上栗却呈现少有的繁荣景象，“小南京”的美誉便是从那时流传开来的。

那时候上栗最繁华的地方，非南街莫属。

南街店铺林立，无论商界政界，都以能在南街拥有一间房子或是一个门面为实力象征，南来北往客，无不在南街驻足游玩，流连忘返，萍浏醴各个会党帮派能人混于其中，要说没有点故事，那就真是奇了怪了。

却说这天，天边刚露出一丝亮光，路边枯死的草头上还沾着白花花的霜，顶着刺骨的河风，南街码头早早就聚集了一批行脚的，原来是上栗远近闻名的天闻声爆庄的大东家要回来了。

天闻声爆庄的大东家姓李，李家几代人都是做鞭炮生意的，在上栗名声可是响当当。天闻声的产品远销广东，再转出口去南洋各地。但李家历来行事低调，不喜张扬，李大东家也不喜欢别人叫他老板，于是大伙儿都管他叫李东家。

李东家半个月前带着装满鞭炮的船队从江西码头出发，将货送到广东仓库后，现在装着几船满满的回货正赶回上栗。这码头上的人，除了行脚的，便都是等着买回货的。如今世道不太平，物资相当匮乏，所以都想多囤点货以备过年。

眼见着太阳慢慢从山那头冒出来了，忽然人群里传来大喊声："来了，来了。"众人便都抬起头，只见远远的河面上出现了几个小黑点，顶着金色的阳光慢慢地驶过来，然后听到突突的马达声，烟囱里冒出的黑烟向后飘去。当先一艘小火轮刚一靠码头，船上便跳下一位着白长衫的中年男子，自是李东家无疑。李东家后面跟着一位黑瘦汉子，佝偻着背，也一声不吭地跳了下来。

李东家望了一眼码头上站着的众人，抱拳道："让大家久等了。"声音洪亮，内行人一听就知道他是个练家子。旧时上栗人做鞭炮，走南闯北，押货收钱，身上要有点真本事，起码不会吃明亏，关键时刻说不定就能救自己一命，所以上栗人多习武，李东家是个练家子也就不奇怪了。

这带回来的货，一部分是送货出去的时候便有人预订了的，一部分是在当地自行采购的。预订的由买家雇用行脚的搬下船，再搬运到目的地。这一部分走完，剩下的东西其实就不多了，站在码头上的人也走了一大半，剩下来的人，除了脚夫，就是些想捡漏的人。这些人几乎都有点帮派背景，看见好东西就想要，价钱却出得不高，但一般情况下，老板都会做个顺水人情，不会和他们计较。

这时人群中走出一个人来，此人生得五短三粗，暴突眼，酒糟鼻子。众人一看，却是春江会上栗分会的二把头肖矬子。肖矬子姓肖，只因人长得矮小，自幼跟着几个师父学过拳脚功夫，再加上有一股子狠劲，所以得了个“矬子”的外号。肖矬子走到李大东家面前，一个作揖，沉声道：“李大东家，我奉我们大当家之命过来，想将你船上剩下的货物全包了，不知妥不妥？”在江湖上混的，自有江湖的套路。肖矬子暗着要，明着却要先客气一番，然后等着对方就坡下驴。

李东家一愣，接着也是一笑，道：“春江会二把头，这面子自然是要给，只是……”

肖矬子听到前半句，脸上显露出得意之色，但听到后半句，脸便拉下来了，道：“李东家这是不给脸了！”

李东家一个抱拳，道：“实不相瞒，船上有些东西，肖二把头不能动。”

“不能动？”肖矬子脸上的肌肉动了动，太阳穴两边的青筋鼓了起来，明眼人一瞧就知道，肖矬子已经怒不可遏了，“李大东家，你可得为你刚才讲出来的话负责任，现在收回去还来得及。”

李东家也不示弱，淡淡一笑，说：“肖二把头，我已经说过了，船上有些东西不能动，剩下的东西你们尽可搬去，又何必苦苦相逼呢？”

“照你这么一说，倒全成了我们的不是了？”肖矬子的脸色越来越难看，“我是个粗人，没那么多套套，我们大当家的出钱买东西，竟然还有做生意的不卖。李东家，不卖是假，不给我春江会面子才是真吧！”话说完，人也往前逼上一步，人群中春江会的人也开始往前靠，行脚的和周围看热闹的越来越多，这阵势，谁服软谁认输都会很难堪。

李东家望了一眼身边那黑瘦汉子，无奈地摇了摇头，轻声道：“此事再无调和的余地，你看着办吧。”

黑瘦汉子点了点头，朝肖矬子走了过去，低声道：“兄弟，这事还有余地吗？”

“余你妈个头，你算什么东西！今天这船上的货，给也得给，不给……”说时迟，那时快，还没等肖矬子将话说完，只见黑瘦汉子身子猛地往前，两只枯柴一般的手分别擒住肖矬子的裤腰和衣领。还没等肖矬子反应过来，黑瘦汉子双手一翻，将肖矬子高高举起，猛地往地上一掼。这速度有多快，力道有多猛，只有肖矬子清楚。肖矬子常年刀口上混饭吃，警惕性不是一般人可以比拟，但就在眨眼间，他的脸朝下重重地摔在地上，门牙脱落，鼻子歪到一边，鲜血喷溅，整个人瘫在地上。

看着刚才还神气活现的肖矬子，转眼就躺在地上只剩半条命，在场的人都傻了眼，这时才注意到黑瘦汉子，心里都起了疑问：这不起眼的黑瘦汉子是什么来头？

肖矬子也算是一条硬汉，一口吐掉嘴里脱落的牙齿，满头大汗地从地上撑起身子，问道：“阁下可是新来洪江会的螳螂拳掌门陈师傅？”

黑瘦汉子不置可否。

肖矬子苦笑一声：“早就听闻螳螂摔下无活口，多谢陈掌门手下留情。”

此时，黑瘦汉子并没有搭理肖矬子，双眼一瞪，只吐出一句话：“你们大当家的好不识趣。记住了，洪江会的东西，不是你想要就要得到的，赶紧带你的人离开！”说出来的话，竟带着浓重的南方口音。

肖矬子一声不吭，在手下的搀扶下踉跄离去。

后来，南街一带却流传出不同说法：

有人说黑瘦汉子就是李东家雇来的贴身保镖，这人是螳螂拳的掌门，功夫十分了得，至于为什么会给李东家当保镖，这就没人能说清了。上栗人还总结道，功夫深的高手往往藏在那些看起来普普通通的人里面，这类人平时不显山不露水，关键时刻出杀招，令人防不胜防。

也有人说黑瘦汉子是沿海地方同盟会的人，这次是专门帮李东家押货来上栗的。因为上栗有点名气的拳师都喜欢带徒弟，所以基本上大家都相互认识，但这人面孔却生得很。

还有人说洪江会正在联络其他会党帮派，秘密谋划推翻清廷，这船上装载的是军火，春江会也秘密加入了起义队伍。春江会大当家打探到起义军火会伪装成鞭炮材料由李东家带回上栗，他便起了私心，想借肖矬子的手劫了这批重要物资，谁知肖矬子失了手，春江会吃了个哑巴亏。

但这些都只是猜测，因为不久后便爆发了萍浏醴起义，洪江会和春江会都是参加起义的队伍。起义异常惨烈，春江会在攻打浏阳县城时几乎全军覆没，大当家战死，肖矬子杀红了眼，身上中了几枪，肠子都流出来了还在冲锋，最后也被乱枪打死。

早在起义前，李东家便忙着变卖所有家产，起义失败后，李东家一家人和黑瘦汉子都消失了。有人说他们被清军逮住秘密处决了，也有人说他们都逃到南洋避难去了。但究竟是何结果，上栗人都觉得不重要，重要的是经历了那场血雨腥风后，上栗又开始慢慢恢复元气，栗水河两岸的江西码头和湖南码头又开始繁忙起来。重要的是上栗开始有人习螳螂拳了，而螳螂拳的第一式，便是黑瘦汉子对肖矬子使出的杀招——螳螂摔！

高打师

上栗武风重，因此打师也多。所谓打师，是上栗人对专门教学武术的师父的尊称。说到打师，流传着不少故事，今天就来讲讲高打师的故事。

高打师家住上栗县城南边的高家村，一家老小就靠高打师教武维持生计。高打师生得黑瘦，并不像其他打师一样牛高马大，虎背熊腰，但他的两只眼睛却格外炯炯有神，明眼人一看就知道此人藏着一身内家功夫。高打师却从不显山露水，为人甚是低调，也许是他这种低调的性格，他的徒弟一直不多。如果不是日本人打到了上栗，也许高打师会以打师身份终了一生，湮没在上栗众多打师之中。

话说 1941 年的时候，日本人从南昌打了过来，经萍乡去攻长沙，于是一小股日军临时在上栗驻扎。上栗人早就听说日军残暴，都是避之犹恐不及。日军驻军虽然数量少，但经常几个人结伴到处烧杀抢掠，往往还没等他们进村，村民们就早已逃到山上去了。日本人便大摇大摆地如入无人之境，能吃的吃，能拿的拿，能烧的烧，能砸的砸，在饭甑里拉屎，在水缸里撒尿，无所不用其极。上栗人民深受其害，但又苦于无法对付日本人手里的枪，毕竟功夫无论多好，总敌不过枪炮，再说这日本人报复心极重，要是在哪里遇到攻击，必倾巢而出报复，因此百姓虽然恨得咬牙切齿，却拿他们毫无办法。

却说这天上午，高家村望风的高矮子突然敲响了锣，这是发现日本人进村的信号，村人顿时乱成一锅粥，拎包挟裹，赶牛牵羊，大呼小叫地朝山上奔。高打师的大徒弟高二愣子迅速安排好家人进山躲藏后，又奔向师父家去帮忙，却见高打师正一个人悠闲地坐在院子里的石疙瘩上抽旱烟。高二愣子大呼："师父，你怎么还有这闲工夫哇，鬼子马上要进村了！"

高打师回头一看，见是徒弟，脸上露出了欣慰的笑容。他轻轻地在石疙瘩上磕了磕烟斗，对高二愣子说："二娃，你且留下，看师父如何替众乡亲出了这口恶气。"

高二愣子一听大惊，这怎么使得？对付几个日本人容易，可要是日本人报复，全村人还不都要遭殃？他急得说不出话来，只站在院子里喘着粗气。

高打师站起来，把高二愣子推到一堵极隐蔽的石墙中躲藏起来，这石墙从外面不容易看出里面有人，但里面的人可以通过石墙缝隙将院子中的情况看个一清二楚。高打师将还在嘟嘟囔囔的高二愣子藏好后，对他说："你就看着吧，但不管什么情况，千万不要作声就是。"

高二愣子虽然不知道师父葫芦里卖的是什么药，但见师父这么有把握，便藏在石缝中不动了，心想，师父铁了心要跟日本人斗一斗，万一有什么闪失，他也好暗地里做个帮衬。回过头来想想，自己练就一身功夫，到头来既保不了家，也护不了国，受尽了欺负，待会儿说不定就能和他们过过招，便禁不住热血沸腾。

高二愣子正思想间，猛听得院门"嘭"的一声被踢倒，一个日本兵端着枪冲了进来，一眼看见正坐在院子里劈柴的高打师，颇感意外地顿了顿，随即一阵叽里呱啦，从外面又冲进来三个日本兵，都端着枪，警惕地向高打师围过来。高打师此时看见日本人，露出一脸的恐惧，嘴里也叽里呱啦地乱叫，装成哑巴。

其中一个日本兵大概看出来眼前的人没什么威胁，一脚将高打师身边的柴刀踢开，几把枪同时抵到了高打师的胸口。高打师吓得瑟瑟发抖，嘴里含混不清地哀号着。高二愣子看得真切，心想师父咋在日本人面前变得这么窝囊了，练武的人，怎么连这点血气都没有，真是枉为人师了。

此时却见一军官模样的日本人用不标准的中国话叫了起来："你的，做吃的，会不会？"

高打师一脸茫然地望了望他，日本军官"唰"的一声从腰间抽出军刀，指着高打师的头："八格，你的，做吃的，会不会？"

高打师这回像是听懂了，嘴里哇啦哇啦叫，不住地点头，便指手画脚地要把刚劈好的柴送进厨房。谁知日本军官不让，用生硬的中国话说："做吃的，这里。"意思是让他就在院子里弄吃的。高打师不住地点头，随即在院子里生起了一堆火。他们见火生好了，又叽里呱啦地讲了一通话，随后有两个日本兵出去了，另两个坐在石疙瘩上叽里呱啦地说笑。

这时高打师走了过去，拍了拍其中一人的肩膀，那人腾的一下站了起来，两支枪指向高打师，高打师哇啦哇啦地叫，意思是火已经生好了，要怎么弄。他这才放下枪，一脸凶相地对着高打师一阵嚷嚷，估计是用日本话骂高打师。

高二愣子在石缝里看了半天，几次看到师父身处险境，都想冲出去和日本人拼命，但从他们出现到现在，师父在他们面前彻头彻尾是一副窝囊相，他心里很不是滋味。原来想象师父用功夫制服日本人，将他们打得落花流水，他高二愣子也从石缝里跳将出来，痛痛快快地打上几拳，也算是出出这口恶气，不管生死，也不枉练武人的名声，却怎么也想不到师父会是这副嘴脸伺候日本人。

这个时候虽然天气晴好，但正值冬季，院子里有堆火，两个日本兵便坐在了火堆旁烤起火来。这时出去的两人回来了，手里拎着两只鸡和两只鸭，也不知是哪户人家没来得及带走的。高打师一见鸡鸭，一脸兴奋，哇啦哇啦地跑进屋里拿来锅子，又从院子里找了几块砖头，在火堆上搭起了一个小灶烧水。两个鬼子正笨拙地杀鸡鸭，高打师走上前去，拍了拍其中一人的肩膀，意思是把鸡鸭交给他来弄。他们厌恶地将高打师推开，将手

里的鸡扔给他。高打师拿起刚才劈柴的柴刀，一刀下去就将鸡头给剁了，看着没头的鸡在地上挣扎，几个日本兵吓了一跳，高打师却对着他们憨憨地笑。随后又拍了一下另一个鬼子的肩头，示意其把手里的鸭交给他处理，这人倒是一声不响地把手里的鸭子给了高打师。

这一切躲在石缝里的高二愣子都看到了，他实在不敢相信眼前的一幕：师父这样做，是不是想当汉奸？师父当汉奸会不会将自己出卖给日本人邀功！他将牙咬得咯咯直响，几次都想冲出去拼命，但又觉得不到最后关键时刻，自己还是不乱动为好。如果师父真的出卖了自己，那自己今天必死无疑；但如果师父是另有打算，这样冲动肯定会坏大事，甚至两人都会性命不保。想到这些，高二愣子强压心中怒火，全神贯注地注视着院子里发生的一切，随时准备应付最坏的情况出现。

高二愣子正想着，水已经烧开，高打师拍了拍坐在火堆边那日本军官的肩膀，示意他让一让，让他把鸡鸭放进去煺毛。这时日本军官见高打师这么卖力，对着他竖起了大拇指："哟西，你的，大大的良民。"高打师不断地点头哈腰，忙得满头大汗，很快就将四只鸡鸭煺了毛。四人每人枪刺上各挑着一只鸡鸭在火上烤，喷香的味道引得藏在石缝里的高二愣子都直咽口水。

四个日本兵也许是饿了，也许是肉香扑鼻，刺激了他们的食欲，四只鸡鸭很快就只剩下四副骨头架子了。吃完后，那日本军官还不忘对高打师说："你的，大大的良民，良心的，大大的。"然后大摇大摆地走出院门去了。

高打师等四人的背影消失在视线之外后，才回过头，对还藏在石缝里的高二愣子说："出来吧。"

高二愣子从石缝里钻出来，却见此时的师父又恢复了以前的威严和凛然的正气，和刚才在日本人面前判若两人。高二愣子甚是不解，师父到底在干啥？高打师知道徒弟心里在想什么，淡淡地对高二愣子说："你瞧着吧，他们四个，活不过五日。"

这时躲藏在山里的村民也都陆续回村了，这时只见村里担任警戒任务的高矮子突然冲进院子，指着高打师的鼻子质问：“好你个高打师，你把我家的鸡鸭拿去孝敬日本兵，你这走狗！你这汉奸！”说着就要冲上去打高打师。高二愣子忙从旁边拦住高矮子。高打师从衣兜中摸出几个钱，扔给高矮子，微笑着说：“你这四只鸡鸭，换他们四条性命，也算是值了。”

此后十天，驻扎在上栗的日本军队突然消失了，后来传出消息：这四个日本兵回去后，从第二天开始感觉身体不适，第三天开始感觉身体麻木，第四天便躺在床上奄奄一息，第五天便七窍出血而亡。日本军医虽然医术高明，却直到四个人鬼哭狼嚎地痛苦死去，都没有查出病因，便认定他们得了不为人所知的传染病，并建议立即将他们的尸体火化，然后迅速离开这个不祥之地。此时正好薛岳指挥的三十万国民党军队对围攻长沙的十多万日军构成了反包围，日本人只得仓皇奔逃。

后来高二愣子才明白，自己一直没注意师父拍日本兵肩膀的细节。师父装聋作哑，只为用落打（上栗人又叫点打，即点穴）杀鬼子于无形，还能避免高家村人遭鬼子报复。

后来，上栗便多了一个歇后语：高打师出手——必死无疑！

测字李

闲来无事，今天就写写测字李。

测字李乃外地人氏，多年前来到上栗，和其他算命的、打卦的一样，在上栗老街桥头摆一测字摊混口饭吃。大凡闯江湖的人，都有自己的独门手艺。测字李遇事测事，遇人测人，总能说出一番道理，不由得你不相信，渐渐地就有了些名气。后来手中有了些积蓄，又积累了些人气，测字李便将桥头的测字摊撤了，在上栗菜市场旁边租了间门面，正中摆上一张八仙桌，旁边再放上几个凳子，算是有了个躲风避雨的所在，正儿八经地将测字当作生意来做了。

菜市场是做买卖的地方，讲究公平公正。可几年前，王家岭上跑来三兄弟，分别叫王一、王二、王三。这兄弟仨仗着自己人多势众，又都是狠角色，在上栗菜市场欺行霸市，到处收保护费，俨然成为菜场内一霸。做生意的人稍有不满，便伺机报复，弄得人家生意做不成。因此菜市场里的人对这兄弟仨又恨又怕，却又敢怒不敢言。

却说这天，这三兄弟坐在一起喝茶聊天，聊着聊着，就聊到了测字李身上。

大哥王一说："这测字李在菜市场门口都摆了半年的摊了，咱们还没去会会他呢。"

王二一听，随声附和道："是呀，在咱的地盘待了半年了，连招呼都没和我们打过，真是不懂规矩。"

王三"嘿嘿"一笑，道："大哥、二哥，听说这测字的测得挺准的，要不咱们也去测测？他要说准了，咱不为难他，他要测不准，不出点血（黑话，花费钱的意思）咱就砸了他的测字招牌，怎么样？"

"好、好，老三的主意好，我就叫他测测我的赌运。按理说，这几年咱们三个在一起还是赚了不少钱，也风光了，可为什么我偏偏逢赌必输呢？不但赚来的钱看不到，还欠了一身赌债。"说到赌钱，王二又禁不住唉声叹气起来。

王一点点头，说："是呀，你嫂子老是和我闹别扭，说我到处得罪人，连累她一个真心朋友都没有。我也知道咱干的不是正经事，所以处处让着她，她却不领情，我倒想知道，这事咋解？"

王三也说："我也想知道，为啥咱们每天过着风风光光的日子，我心里却老是堵得慌、不踏实，整天浑浑噩噩地不知道自己该干吗，见谁都看不顺眼，见谁都想吼几嗓子，揍他娘的几拳头。"

说去就去，三人说完，就径直朝测字李那边走去。

却说此时测字李正忙着帮人测字，旁边还坐着六七个人等着。冷不丁瞅见三个人径直冲了进来，凭他多年的江湖经验，知道来者不善，赶紧起身招呼。旁边早有人认出了王家三兄弟，知道今天测字李可能有麻烦了，却不出声，只在一旁看测字李如何应付。

王一往八仙桌前一坐，干笑两声，一双眼睛满屋子瞅，瞅完后嘴里"哼哼"两声，说道："我来测个字。"

此时测字李自然也明白了八九分，于是不卑不亢地问："先生要测何字？"

王一环视了一圈屋子，指着挂在屋子当中的一块横幅说："咱没念过几天书，今天就挑个现成的，我就测这横幅上'长命富贵'的'长'字。"

测字李回到座位上，沉吟了片刻，又问道："先生所测何人何事？"

王一回答："家人家事！"

测字李将“长”字写在桌前一张白纸上，略一思索，说道：“先生最近家里有点不顺哪。”

“嗯？”王一心里一惊，随即又是一笑。测字李看在眼里，却不露声色。

“先生请看，”测字李指着纸上写好的一个“长”字说，“此字有两个读音，其一为‘掌’（音），有发展的意思；其二为‘常’（音），则为优势。因此从字义上看，此字主家运不错。但此字又极不规则，右边笔画多，左边笔画少，男左女右，主家中大小事女人做主，女人做主的事才是家庭的稳定发展之道，女主人不简单哪。”测字李说完，看了一眼王一，却见王一默不作声，便又继续说道：“再瞧字的右边，一横上撇下捺，上撇不入地，下捺不出头，主您现在人不顺事不通。”

测字李说完便不再作声，只半眯着眼瞅着王一。此时王一心里正暗暗称奇，不禁又问道：“我要是只问人呢？”

“问人？人心难测呀！”测字李微微一笑，“您问的是人，其实问的是心。长加心，心在左。”旋即又在“长”字左边加了个竖心旁，说道：“‘怅’者，不如意也，主心情不好，心事不顺，凡事要多多体谅才是呀。”

王二见老大被测字李说中心事，急忙上前说：“先生，我也测这个‘长’字，与钱有关，您说说吧。”话语间竟不自然地多了几分客气。

测字李此时心中有数，旋即又在白纸上写了个“长”字，然后对王二说：“但凡人皆有天命，先生追求钱财本无可非议，但如果太过心急，则是不可取。”

“哦，此话怎讲？”王二忙问。

“俗话说：‘君子爱财，取之有道。’如先生急功近利，则会适得其反。”说完，在“长”字前加了个“贝”字，然后指着“账”字继续说，“‘贝’乃钱财也，但太贪财则成‘账’了，反而不好，主钱财难聚，往往入不敷出。”

“先生，您真是神了。”王二朝着测字李竖起大拇指，叹服道。想来自己沉迷赌博，不就是嫌钱来得慢，总想着走捷径一夜暴富，结果反受其害。

“还没完呢，我也选这个‘长’字，你就测测我这个人吧。”王三也走上前来，对着测字李拍了拍胸脯。

“你也测这个字？测人？”测字李显得有些迟疑不决。

“怎么了，怕说不准？”王三嗓门一下子大了起来，“我两个哥哥的事算你走运，都让你蒙对了，但如果我的你说不出个所以然来，我照样砸了你的招牌，让你滚出上栗，你信不信？”

“信，当然信，只是小兄弟的事，不好当众说。”测字李说完，环视了一眼周围看热闹的人群。

“说，你只管说，我王三从小没怕过什么，甭管好与不好，只要我认为你说对了，我们立马走人。”王三嚷嚷道。

“好，小兄弟也是直爽人，那我就直说了。”说完，测字李随即又在白纸上写了个“长”字，沉吟了一会儿，再在左边加上一个偏旁“亻”，然后才转过身来对王三说：“‘伥’者，鬼也，你现在过的是‘人不人，鬼不鬼’的生活，没有方向，没有目标，过一天是一天，极度空虚，极其无聊，心中总有一股无名之火，想发泄又无处发泄，是也不是？”

测字李一口气说完，随即转身背对王家三兄弟。当着众人的面将王家三兄弟贬损了一番，他此时只等着王家兄弟对自己发飙，拆他招牌，将他赶出上栗。

可等了好一阵子，屋子里没有任何动静，测字李悄悄抹了一把额头上的汗珠，又转过身来，却见王家三兄弟早已离去，满屋子的人随即爆发出一阵雷鸣般的掌声。

自此，测字李在上栗名声大噪。

据传，此后王家兄弟与测字李倒成了拜把子兄弟，三人再也不干欺行霸市的勾当，而是在测字李的铺子旁边租了个门店，做起了正当的水果批发生意。没几年时间，兄弟三人都过上了充实而又富足的生活。

关　刀

清朝末年，上栗长平马良村李家靠着几代人在外经商，攒下了不小的财富，后因世道纷乱，李家人决定息商归隐，在马良买田修宅，当起了土财主。

李家人多势大，全家老小有七八十口，却从不分家，李老爷子年已八十，在李家拥有绝对权威。老爷子随祖辈在外打拼了大半辈子，经历了种种常人想象不到的艰难困苦，才积下眼前这点财富。眼见着豪宅落成，子孙后代一个个欢天喜地，老爷子却双眉紧锁。老爷子由一个学徒工在外打拼，到现如今家大业大，深知江山难打更难守，子孙后代如若坐享其成，难免产生骄奢淫逸的思想，到那时，李家基业迟早会被败光。家道衰落是他最不愿意看到的事，但是他又不愿意子孙后代再走祖辈们背井离乡的老路。眼看自己时日不多，老爷子忧心忡忡，茶饭不思，夜不能寐。

老爷子的一举一动，李家老大都看在眼里，李家老大自幼跟着父亲在外经商，所以老爷子眉头一皱，他便知有事要来。

这天，李家老大瞅着给老爷子上茶的机会，轻声问道：“父亲最近心绪不宁，是不是有什么心事？”

老爷子茶沾嘴唇，又轻轻放下，长叹道：“老大呀，你说我们积攒了几辈子的家业，现在叶落归根，回到马良过着安稳日子，也算是光宗耀祖了，但怎么样才能稳住这份家业呀？”

老大一听，原来老爷子是担心这个，他略一停顿，道：“儿孙自有儿孙福，您就不必费心了。”

老爷子点点头，但眉头依然紧锁：“话虽如此，却也太消极了些。这份家业可不是坐等天上掉下来的，而是几代人辛辛苦苦攒下来的。你瞧着这百八十号人，要是出几个不肖子，那败起来可也快得很。”

老大点点头，略一思索，说：“要说辛苦自是辛苦，却也是祖宗庇佑，我看是咱家那祖坟风水好，才佑我几代荣光。”

老爷子这时才露出了一丝笑容，说：“你看我八十岁的人了，从咱姥爷那辈子起，就没有活过八十岁的，我自感时日不多，阳宅已成，阴宅当行。你须得找个风水大师，寻块风水宝地，这事宜快，但不宜张扬。”

老大点头，道：“父亲放心，我即刻去办。”这等大事，其实他早就筹划了，前不久还找来了长平最有名的风水大师许先生，将马良的山山水水走了个遍，只是见父亲身体尚可，没有言明罢了。这时父亲既已言明此事，李家老大自然不敢怠慢，即刻派人去请来许先生，好酒好菜招待，并许下重金，许先生自是十分卖力。马良山多，林木茂密，李家老大陪着许先生跋山涉水，自不言苦。

这天，两人登上马良将军山，许先生极目远眺，却见这将军山极具形势，山峰挺拔，山根圆润，有龙脉之象，许先生大喜道：“果然皇天不负有心人哪。”李家老大急问其故，许先生眼观山势，心观山形，带着李家老大兜兜转转来到将军山一山坳处。他拿出罗盘围着此处转悠，然后又站定冥思良久，待到夕阳快要下山了，他才睁开眼睛，吐出一口浊气，对李家老大说道：“风水宝穴，就在这里了。”

李家老大心中大喜，问道：“怎么个好法？”

“将军山有将军势，如若尊上葬于此，后人必出几把‘关刀’。”

“先生，何谓关刀？”李家老大急问。

“简单说，‘关刀’即为朝廷武将。”许先生面露笑容。

李家老大点头，心道：正逢乱世，如果李家后人能出几个武将，不但能保家业不败，还能名垂青史。心中不由得大喜。

两人将选定的地方做好标记，然后回到李家，李家老大将此事告知父亲，老爷子心下也是异常高兴。

半年后，李老爷子无疾而终，李家老大将许先生请来，按马良风俗，将老爷子风光厚葬于将军山宝穴位置。许先生看风水大半生，难得寻到几处风水宝穴，李老爷子的这处风水宝穴，算得上他的得意之作，只怕李家后人都要对他感激涕零了。想到这里，许先生心中甚是得意。

老爷子下葬后，李家老大领着家人返回家去，许先生意犹未尽，沿着山路信步向前，不一会儿便走到了将军山山顶。山顶有一巨石盘踞，许先生立于巨石下，放眼望去，但见群山诸峰，皆掩于茂林修竹之中，犹如万千兵众，跪伏于将军脚下。许先生走得累了，便坐在巨石下休息，回头细看巨石，巨石犹如华盖擎天。许先生总觉得哪里不对劲，旋即攀上巨石，再俯瞰四周，却见山顶突兀、草木不生，形势急转直下。许先生心下顿时大惊：这将军山有名无实，属假龙脉！

先前，许先生忽视了将军山的最高处应为巨石之上，巨石盖顶，形势全无，登上巨石才看出这将军山山势乃假龙脉，但李老爷子已经下葬，不可能再重新找地盘。他心下惶然，又怕李家找他麻烦，回家后便收拾家当云游去了。

却说李家老爷子下葬后，李家人知道子弟中要出“关刀”，于是全家上下以习武为重，以当兵为荣。

清亡以后，到处兵荒马乱、民不聊生，朝廷都没了，更别谈什么朝廷武将了，李家几经折腾，终是家道中落。

马良这地方背靠云峰山脉，山峦连绵，山上植被以竹子为主。李家后人迫于生计，纷纷与乡人一道，以砍竹削篾、编篓贩卖为生。李家篾匠心灵手巧，出了几把技艺精湛的“篾刀”，再加上李家良好的信誉和口碑，“李家篾刀”名声渐渐传达于萍浏醴各地。

举刀削竹篾与举刀砍头颅，虽相差万里，却都是靠手中的刀营生，殊途同归矣。世间事，可笑！可叹！

刘祖武传奇

夜色沉沉。

斑竹山上不时传来枪声，平时聒噪的鸟兽因受到惊吓，早已逃远了，除了刺耳的枪声，四周出奇地安静。突然，浓密的树丛中传来一阵窸窸窣窣的声音，紧接着陆陆续续出现十多个黑影。这些黑影都蒙着脸，只露出一双眼睛，正警觉地盯着前方黑暗深处，小心翼翼地向前方进发。

走在前面的两个人肩上挎着火铳，轻轻地拨开两旁的树枝开路，偶尔停下来四处观望一番。紧随其后的两个人抬着一样东西，或许是他们有些疲惫，或许是东西太沉，两个人的脚步有些踉跄。后面一行人身上要么背着大刀，要么背着梭镖，在夜色的掩护下，悄无声息地朝斑竹山弹子坑漆树坡方向摸去。

“砰！砰！”陡然间传来两声枪响，紧接着隐隐约约传来一阵吆喝声，突如其来的动静，让队伍瞬间出现了小小的骚动。打头的两人迅速从腰间取下火铳，闪到道旁瞄着后方的黑暗深处，并小声地催促抬着东西的两人往前走，然后将背着大刀拿梭镖的队伍截下。

“大头，你们四个断后，其余人上漆树坡，漆树坡上集合。”打头的一人压低声音发布命令，并随手拉下面罩，月光下，一张年轻的国字脸隐约可见，此人正是斑竹山起义部队的侦察排长刘祖武。随着嘈杂的声音越来越近，刘祖武却没有慌乱，他镇定地从人群中挑选四人，吩咐叫大头的蒙面人领着队伍中的三人迅速伏下身子，藏进了小道旁的密林中，其余人则继续向前行进。经过一段陡坡后，地势变得平坦了。刘祖武停下来，对身边抬着东西的人道：“老万，马上到漆树坡山顶了，到达山顶后，你们两个迅速寻找有利地形架好猪仔炮（松树炮，将松树树干中间挖空做成的土炮），其余人协助警戒，防止暗藏的敌人偷袭。”

刘祖武话刚说完，便听到一阵枪声从他们刚才休息的地方传来。“大头他们与敌人交上火了，咱们赶快上漆树坡准备迎敌。”说完带头往前冲去，其余人也快速跟了上去。

部队很快就来到了漆树坡山顶。山顶上有一小块平地，虽然平地周围是茂密的树林，但头顶那一线幽暗的月色反而显得更亮了些。刘祖武带人将猪仔炮放在平地上，不停地往里面填充石块。填满石块后，几人小心翼翼地将猪仔炮抬到平地边缘，摆正炮口对着他们刚才过来的小路的方向。

那边的枪声渐渐停息，刘祖武通知将警戒的队员叫到一块，然后吩咐道：“情况紧急！敌人从杨岐南源那边翻过大岭，突然袭击了我们的队伍，大部队都被打散了。现在山上到处是敌人，山下的各个交通要道上都有敌人重兵把守。我们等大头他们回来后，就用猪仔炮轰追过来的敌人，敌人以为我们没有重武器，肯定不会严加防备，轰完敌人我们就赶快往竹山坡方向下去。敌人不敢立即追上来，我们都有逃命的机会。你们都没有暴露身份，从竹山坡下去后，趁着夜色分散走，回家也好，远走他乡也好，再也不要联系，听到没有？”

众人都沮丧地点了点头，事到如今，也只有如此了，留得青山在，不怕没柴烧。现在队伍被打散，漫山遍野都是敌人，不时传来枪声、吆喝声、惨叫声，今天晚上不知道有多少兄弟将葬身山中，整个斑竹山成了人间炼狱。

突然，山下传来一阵窸窸窣窣的声音。

“谁？”刘祖武压低声音喝道。

“我，大头。”下面传来声音。不一会儿，一个黑影蹿了上来，正是大头。

“其他人呢？”刘祖武看到只有大头一个人过来，心底升起了不祥的预感。

“他们都牺牲了，追过来的敌人有十多人，他们都有枪。我们四人商量，我用火铳吸引注意力，他们三个带着大刀和梭镖趁着黑夜摸过去，结果被敌人发现了，来不及跑。”大头哽咽着说道。

众人听后情绪低落，都默不作声。刘祖武叹了一口气，说道：“牺牲的都是我们的兄弟，等到这阵血雨腥风过去了，希望我们留在家里的同志能帮他们收一下尸，悄悄埋葬好。”说完，他顿了一下，又吩咐道：“敌人马上就要压过来了，我带大头、老万三位同志留下来，我负责放炮，大头和老万放枪，将弹药全部打完我们就往竹山坡下撤。其余同志现在就开始下撤，撤下去各自散了，大家保重！”

黑夜里，一个个身影趁着月色悄悄往竹山坡方向撤去。大头和老万分别选择了一棵大树，两人躲在树后，将火铳瞄着前方。敌人的吆喝声越来越近，举着的火把越来越清晰，刘祖武匍匐在猪仔炮旁边，不急不躁地掏出纸烟点燃，然后深深地吸了一口。

“砰”的一声枪声响起，就像在寂寥的旷野里扔了一个大炮仗，炸得人耳朵嗡嗡响。刘祖武一个翻身，眼睛盯着山路上摇曳的火把，眸子在黑夜里闪着光亮。

“别急着开枪，他们的枪好，射程远，我们的火铳太远了没有杀伤力，等我放了炮你们再打枪。”刘祖武压低声音交代躲在大树后面的大头和老万。

三人利用黑夜的掩护，像等待猎物的猎人一般潜伏着，敌人越来越近，透过月色已经能够看到行进的身影了。

刘祖武看了看即将燃尽的烟叶，轻轻地将最后一点火星凑到猪仔炮的引线上，引线一点便着，哧哧地燃烧起来。猪仔炮里面装载铁屑铁皮和

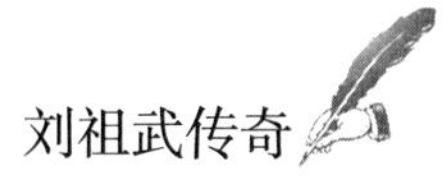

石块，靠火药或土硝发射，杀伤面积大，后坐力强，刘祖武迅速地闪到一边。

说时迟那时快，只听得“轰”的一声巨响，山下小路上立刻传来了一阵惨叫声，显然敌人没有料到会中埋伏，顿时乱作一团。

“打！”刘祖武大声喝道，大头和老万的火铳随即发射，顿时打得追赶来的敌人晕头转向，惨叫连连。刘祖武手里没有枪，他转过身去一把抱起猪仔炮，便往山下撤去。虽然抱着一百多斤的东西，但他仍然健步如飞。

竹山坡并不高，只有不到十分钟的路程便从山上下来，来到了山脚下的刘家排上。刘祖武抱着猪仔炮下到山脚后，侧耳听了听山上的动静，枪声似乎停了下来。遭此伏击，敌人应该不敢再贸然追过来了。不一会儿，山上传来了窸窸窣窣的脚步声，刘祖武轻声喊道：“大头？老万？”

“是我，大头。”对方回答。

“老万呢？”刘祖武问道。

“老万……他牺牲了。”大头狼狈地从山上连滚带爬地下来，踉踉跄跄地跑到刘祖武面前，哽咽道。

“你的火铳呢？”刘祖武问道。

“藏在半山腰一块大石底下了。”大头回答，“总不能让敌人夺去。”

刘祖武点了点头，对大头说：“短时间内敌人应该不会追过来了，我们也各自逃命吧。你没有暴露身份，隐藏起来应该更容易。我早就已经暴露了身份，只能远走他乡了。”

大头点了点头，一脸悲戚。

刘祖武拍了拍大头的肩膀，安慰道：“兄弟，走吧，好好活着，我们能看到胜利的那一天的。”

大头将面罩拉了下来，露出了一张略显稚嫩的脸，是个二十出头的年轻小伙子。此时，他郑重地说道：“我们都是经历过生死的人，即便被抓了，也都不会出卖对方，我认识你，也希望你认识我，如果有那么一天，我希望我们能继续并肩作战。”

说完，大头将面罩扯掉，大步朝着山下走去。

刘祖武看着大头的身影消失在黑夜里，他也将猪仔炮重新背在肩上，朝着前方走去。他的家就在刘家排上，站在山脚下就能看到家里窗户上隐隐约约透着灯火。

这个夜晚，有多少人死去，又有多少家庭将陷入无眠。

斑竹山下，刘家排上。

“咚咚咚”，一阵急促的敲门声响起，打破了黑夜的短暂宁静。

“谁？”一个女人的声音，声音里满含焦急和期待。透过门缝，能看到里面点着微弱的灯火，女人显然还没睡。

“我，祖武。”屋外的声音轻声答道。

“祖武？祖武你可回来了！”一阵脚步声后，随即听到门“呀”的一声响，一个高大的身影闪入门内，大门随即“呀”的一声关上，然后是落倒闩的声音。

“祖武，我都快被吓死了，今天到处是义勇队的人，挨家挨户搜查，查到二团的人就抓，反抗的当场就杀。傍晚的时候来过我们家，问你在不在，然后搜了屋子，确定你不在就走了。”女人的声音还在颤抖，那是因为内心的恐惧。

刘祖武将猪仔炮放下，安慰女人道：“你不用担心我，他们抓不到我的，能抓到我刘祖武的人，现在还没出世。”

“祖武，你不要去干什么革命了好不好？咱们日子清苦点，总强过每天担惊受怕的，你要是有个三长两短，你叫我怎么活呀。”女人的话里带着哭腔。

“不干革命，不打倒那些地主老财，我们就要苦一辈子，甚至我们的孩子还要受他们的剥削压迫，你懂不？”刘祖武一边说，一边将猪仔炮拖到里屋天心边上，然后从杂物间找来一把锄头，将天心里的一块石板撬了起来，撬开石板后开始挖下面的土。

“祖武，你这是干吗？”女人疑惑地问。

“这猪仔炮不能落入敌人手里，我先把它埋起来，以后要用的时候再挖出来。”刘祖武回答道，顿了顿，又对女人说，“你去煮点东西给我吃，我肚子饿了；顺便帮我把衣物收好，我要出去躲一阵子。”

“你要去哪里？”女人担心地问道。

“我去宜春那边投朋友——总之你别为我担心，我没事。”刘祖武答道。自己去哪里其实他早就想好了，起义已经失败了，队伍也被打散，形势变得十分险恶，他现在只能趁乱走桐木去小洞。小洞地处上栗和宜春交界处，山峰连绵，地势险峻，所以那里的敌对势力相对薄弱。最重要的是，那里搞革命的群众基础比较好，他准备去那里继续拉队伍干革命。怕女人担心，所以他没有在女人面前说实话。

女人也没有再吱声，她知道刘祖武决定了的事谁也拗不过他，抹了一把眼泪，转身去了厨房。

不一会儿，刘祖武便在天心中间挖出了一个大坑，他将猪仔炮放进去，然后将泥土覆盖，再将石板盖上，拿来扫帚将多余的泥土打扫干净，直到看不出什么撬动过的痕迹。

这时，厨房里也传来了一阵香味，女人煮了一大碗面条端了出来，刘祖武迎了上去端过大碗，站在屋子中间“吸溜吸溜”地吃了起来。女人于是又去帮他收拾衣物。等到女人将衣物收拾好，刘祖武碗里的面条也见底了。

“孩子们呢？”吃完面条，刘祖武问道。

“在房里，已经睡着了。”女人回答。刘祖武轻轻地走进卧房，月光透过窗子照在床上，孩子们睡着了，稚嫩的脸庞显得那么安详。他的鼻子突然觉得有些酸，他觉得对不起孩子，也对不起女人。

这时女人也走了进来，轻声说道：“祖武，东西已经收拾好了。”

刘祖武答应了一声，转过头去走出房间。他再次朝天心望去，心里又嘀咕：猪仔炮藏家里真的合适？万一让义勇队查到，那可是全家死罪呀——可不能连累家人。这么一想，他又转过身去里屋拿来锄头，重新将猪仔炮挖了出来，然后拍了拍身上的泥土，对女人说："现在已经是下半夜了，我该走了，你和孩子保重，我会找时间回来看你们的。"

说完，他将猪仔炮扛在肩上，拿起包裹，打开大门走了出去。

屋外，寒风正起。望着男人的身影消失在黑夜里，女人不禁打了个冷战。

夜，清冷清冷的，惨淡的月色映照着大地，起伏的山峦如同奔涌的巨兽。远处传来几声狗吠，只见一座宽敞的宅子前，两道黑影腾挪着，转眼就到了墙根下。

"祖武，扔单子。"黑暗中响起一个细小的声音。

"好呢！"一个黑影蹿起，灵活地跳到宅子的窗户下，熟练地捅破木窗格子上的糊纸，随即将一个东西通过破洞往里一扔，发出"啪"的一声微响。

"谁？"屋内睡觉的人听到响声，顿时喝道。紧接着听见有人起床，"嚓"的一声点燃火柴，一张稍显老态的脸映在灯罩上。老者将床边桌上的煤油灯点燃，然后提着灯盏来到窗户下查看，很快便发现地上一个小巧的竹筒。老者心里闪过一丝不祥，他飞快地捡起竹筒，拔掉一头的木塞，果然，里面有一张小字条。老者展开字条，只见上面写着几行略显秀气的字：张老先生，请您于明天中午将十担谷子、二十斤猪肉、三十块大洋送到小洞黄泥凹。落款是：小洞赤卫队。

张老爷子惊恐地看着字条，喃喃道："老李头说得没错，赤卫队来了，到处要钱要粮。"他急急将字条塞回竹筒，端着煤油灯来到正屋，然后将正屋大门打开。屋外是一片漆黑，偶尔能听到几声狗吠，哪里还有赤卫队的身影。

"爹，发生什么事了？"不知道什么时候，正屋里又站了一个人，正是张老爷子的二儿子，当地义勇队队长，人称张二少。张老爷子共有两个儿子，大儿子常年在外经商，这些年为张家积累了不少财富。二儿子守在家里买田买地，这几年，张家已经是当地有名的富户了。

“你自己看看吧。”张老爷将竹筒递给张二少，二少接过来一看，冷笑一声，道：“这帮赤匪真是令人不省心哪，打了几次小胜仗，就胆大妄为了，居然敢向我张家要钱要粮了。”

张老爷子将大门关上，喃喃道：“这里面你要想清楚一件事，我们张家以前从来没有收到过赤匪要钱要粮的单子，因为他们知道你是义勇队的队长，是他们的死对头。这次却敢来我们家，说明他们要么是底气很足，要么是山穷水尽了。”

张二少点了点头，冷笑道：“最近部分斑竹山余匪和宜春流窜匪众逃到了小洞，这帮匪众聚集在一起蛊惑人心，毒害当地百姓，危害着实不小。目前，上栗地区靖卫队正集中精力扫荡斑竹山残余赤匪，那边的任务一旦结束，接下来的目标，就是集中力量消灭小洞地区的这股赤匪，彻底平息匪患。他们的末日马上就要到了，所以狗急跳墙，想尽办法搞钱屯粮。”

“这颗钉子不除，将永无宁日呀！”张老爷子恨恨道。

天快亮的时候，两个身影悄无声息地来到小洞黄泥凹脚下。“咕咕，咕咕。”身影停了下来，发出两声布谷鸟叫声。不一会儿，山上也传来两声布谷鸟叫声：“咕咕，咕咕。”

“走，进山！”其中一个魁梧的身影将面罩摘下，露出了一张线条粗犷的脸，赫然就是刘祖武。两人熟练地穿过树林，走向树林边的一间小屋子，屋子前早已有人等在了门口。

“祖武、大黄，你俩辛苦了，快进来歇一下吧。”屋内点着煤油灯，一张八仙桌周围还坐着几个人。

“肖队长，你们也通宵没睡吧？”叫大黄的看向屋内的几个人，

笑道。

肖队长是个魁梧的中年汉子，他站起来点了点头，算是默认，然后问道：“今晚投了几家？”

“八家，”刘祖武兴奋地回答说，“都是桐木地区有名的地主老财，这批钱粮收到，又够咱们赤卫队维持一段时间了。”

肖队长点了点头，对众人说道：“大家都坐下吧，眼下的形势，我还是要跟大家说一说。”

众人看到肖队长脸色凝重，于是都坐了下来，认真地听他分析。肖队长顿了顿，说道：“最近面对靖卫队和义勇队的围剿，我们打了几次漂亮仗，有力地打击了敌人的嚣张气焰。但是同志们一定要认识到敌人的阴险狡猾，他们绝不会甘心失败。据最新情报，敌人正在暗地里集结各路部队，准备将我们的队伍一网打尽。小洞这个地方山岭众多，易于队伍隐蔽，黄泥凹更是四面环山，易守难攻，但是跟敌人相比，我们无论是人数还是武器装备都相差太大。”

“那我们怎么办？”坐在桌子边上的中年汉子焦急地问道。

肖队长端起杯子呷了一口白开水，继续说道：“摆在我们面前的路有三条：第一条，我们跟敌人拼，杀一个扯平，杀两个赚一个，有血性的汉子都会选择这条路，但是这条路一旦没走好，结果就是全军覆没；第二条就是转移，跳出敌人的圈子打游击，这条路虽然灵活，但是离开我们经营了几年的根据地，环境会变得更加恶劣，斗争会变得更加艰难，对于队伍来说，将会是巨大的消耗；第三条算是折中，一部分人留下来跟敌人周旋，另一部分人出去寻找新的革命队伍，建立新的革命根据地，点燃星星之火，形成燎原之势。大家都谈谈自己的看法和意见。”

听着肖队长的话，围坐在八仙桌周围的几个人都沉默了。最近一段时间，附近的上栗、宜春、醴陵各地爆发的起义都失败了，革命群众遭到了疯狂的镇压。唯有小洞地区的革命队伍依托天然的地理优势，还在顽强抵抗，最近更是收编了不少其他地方投奔而来的赤卫队队员，打了几场漂亮的伏击战，让小洞赤卫队声名大噪。但是也由此引发了敌人的恐慌和仇恨，敌人镇压了其他地方的起义后，肯定会集中兵力来对付小洞赤卫队，到时候赤卫队就凶多吉少了。

大黄看了看其他人，站出来说道：“我是土生土长的小洞人，我的父母为地主老财做牛做马一辈子，结果老了还是被赶走，最后饿死，我恨透了这些丧尽天良的东西。所以无论如何，我想留下来战斗。肖队长说得好，杀一个扯平，杀两个赚一个，我大黄早就赚够了，投入赤卫队后，我就下定了决心，生是赤卫队的人，死是赤卫队的鬼。”

大黄讲完后，大家又陷入了沉默，肖队长抬起头，说道：“既然加入了赤卫队，大家也就选择了不怕死，但是革命是革地主老财的命，要革地主老财的命，大家就要懂得惜命。”

肖队长随后转向刘祖武，问道：“祖武，说说你的看法？”

刘祖武看了看其他人，说道：“我是二团过来的，斑竹山起义从万寿宫夺枪到退守斑竹山，再到进攻清溪失利，然后遭到敌人的疯狂反扑，这些我都经历过。斑竹山起义失败后的血雨腥风，我也经历过。面对敌人，我们没有任何优势，所以我认为革命不能蛮干，还是要讲究策略，我同意肖队长的第三个方案。”

肖队长点了点头，对众人道：“祖武分析得很客观，我也认为第三个选择比较符合实际。队伍大了，我们的开支就大了，虽然这段时间我们跟当地的地主老财要了不少钱粮，但这不是长久之计，马上进入冬季了，条件更加艰苦，斗争形势更加复杂，适当缩减一下队伍，既能保留革命火种，也能节省开支，所以我赞同选择第三个方案。大家有没有其他意见？”

“没有！”小屋中的几个人齐声答道。

浏阳靠近上栗的边界地区，群山叠嶂起伏，绵延横亘，当地人将这些山统称为六龙山脉。在六龙山脉中，有一座山显得格外险峻、挺拔，这就是古已有名的道吾山。

十月，下了好久的雨终于停了下来，山间的云雾虽然还没有完全散去，但是日光已经将雾气刺得透亮。此时，道吾山深处的潘家村渐渐热闹起来，村民们纷纷奔向潘家祠堂，祠堂外的空地上，早已站了一圈人。今天是潘家村学武的人切磋武艺的日子。空地中央站着一位老者，一身练功服穿在身上显得精神抖擞，目光炯炯有神。老者名叫潘世年，在潘家村当了几十年武教师。见众人都围到了空地周围，潘师傅抱拳，对周围人道："今天，是我潘世年在潘家村收徒之日，欢迎大家上场切磋切磋。"

赣湘边界一带历来都崇武重武，所以出现了不少以教武为生的武教师，武教师为了立威扬名，都喜欢相互切磋，看谁的拳脚功夫更厉害，厉害的师傅收的徒弟就更多，收入也就更高。

潘家村的村民都知道潘师傅拳脚功夫厉害，哪敢与他切磋，潘师傅在空地中央站了半天，愣是没看到谁敢上场，心中不由得暗暗得意，正要下场举行收徒仪式，却不料突然有个年轻人走上前来，抱拳道："久仰潘师傅大名！"

此人不是别人，正是从小洞潜入此地的刘祖武。先前小洞赤卫队经过一番整顿，队伍一部分人仍然坚持在原地继续与敌人开展斗争，另一部分人化整为零，潜藏到了萍浏醴地区的各个地方，将革命的火种散播出去。刘祖武躲过敌人的重重关卡，终于来到道吾山潘家村，投奔一个远房表伯。经过一段时间的观察，他认为此地处在深山之中，敌对势力相对薄弱，适宜开展革命活动，因此准备在此立足，借收徒的名头，发展一批革命斗士。

潘师傅看着眼前这个年轻人甚是眼生，不像是潘家村人，于是点头笑道："小兄弟，是不是想切磋切磋？"

刘祖武打了个拱手，道："不敢，潘师傅武艺高强，祖武久闻大名，慕名而来，就是想拜在师傅门下学功夫。"

潘师傅看着刘祖武虽然身材高大，浓眉大眼，看样子是个练家子，但是到底年轻，似乎不甚懂规矩，心下想着挫挫这年轻人的锐气，于是傲然

道："既然上场了，那就切磋切磋吧，切磋完了再拜师也一样。"

围在旁边的村民此时看到有人上场，都等着看热闹，哪里会允许刘祖武下场。刘祖武此时站在场地中央，上也不是下也不是，只得带着尴尬上前一步，抱拳道："潘师傅，那我来了！"

说时迟那时快，刘祖武话音还没落，刚才还是人畜无害的样子，此时突然欺身上前，一招黑虎掏心，直奔潘师傅胸前而去。

潘师傅哪料到刘祖武会突然发难，登时一愣，本能地用双手阻挡，但是仍然挡不住这一拳的威力，拳头打在潘师傅的胸口上，顿时将潘师傅打得飞摔到场地外，倒在地上口吐鲜血。

这一瞬间发生的事太快了，众人还没反应过来，胜负已经决出来了。

刘祖武见潘师傅一脸痛苦地从地上爬起来，忙上前扶住他，关切道："潘师傅，承让了——您没事吧？"

既然是潘师傅摆场子找人切磋，输了自然也就无话可说。潘师傅又吐了一口血，对刘祖武说道："后生可畏，后生可畏，这潘家村的徒弟，你来带吧——但是你记着，等我这伤好了后，还会来找你切磋。"

潘师傅吃了哑巴亏，心里很是不甘，但是现在自己有伤在身，无法找回场子，只得带着几个徒弟踉踉跄跄地离开了。

众人见刘祖武年纪不大，身手却十分了得，连潘师傅都败在了他的手下，因此都争着来拜他为师。趁着这个时机，刘祖武一下子收了十多个徒弟。刘祖武知道，现在算是在潘家村暂时站稳了脚跟。但他心里也清楚，自己只不过是投机取巧，趁着潘师傅没有防备的时候出手打败了他，真正论实力，他打不过潘师傅。所以在潘师傅伤好之前，他必须尽量多收徒弟，一边收徒授艺，发展革命斗士；一边将徒弟交来的粮钱收好，偷偷送回家中。

那段时间里，他不时改头换面，冒着风险回刘家排上的家里。不久后，他发现家里的女人又怀孕了，心里既欣喜又担忧，便想着要在年前多带些钱粮回到家中，陪着女人将孩子生下来。

这个冬天特别冷，夜幕降临后，寒冷的风呼呼地刮着，斑竹山脚下的刘家排上，村民们早早就钻进了被窝，十多户人家的小村庄便渐渐安静了下来，只听到远处偶尔传来几声狗吠。邓中林在斑竹山里转悠着，到各个点察看自己在白天布置的陷阱，但是一直到天已擦黑，陷阱里连一只兔子都没抓到。他不停地呵着冻僵的手，懊恼地从竹山坡下来，打算回家。忽然，他发现前面隐约出现一个黑影，长期的打猎生活让他的感觉变得特别灵敏，他一侧身，将自己藏在了路边的树影下，眼睛一动不动地盯着前方。不一会儿，他听到了火柴划响的声音，紧接着，在火柴微弱的亮光下映出一张国字脸，正是潜回家的刘祖武！

刘祖武将纸烟点燃后，迅速地熄灭了火柴，然后敏捷地钻进了正屋旁边的茅房里。

邓中林躲在树影下一声不吭，直到刘祖武从茅房出来，重新回到正屋里，正屋的大门轻轻地"吱呀"一声关上，他才从树影下走出来。

靖卫队一直是邓中林的客户，他打到的野味大多数都是送到靖卫队，因此跟那帮人也算是混得熟了。抓捕刘祖武的悬赏通告贴在上栗万寿宫大门旁边的墙上，那里一直是靖卫队的驻地。如果能够协助靖卫队抓到刘祖武，自己不但能得到一笔丰厚的奖励，还能进一步取得靖卫队的赏识和信任，在邓中林看来，这笔买卖怎么算都划得来。

等到屋里的灯熄灭，再也听不到任何声音后，邓中林的嘴角露出了一丝不易觉察的冷笑。他从树影里走出来，身影迅速地消失在黑暗中。

黎明前的夜，显得格外黑暗。

刘祖武自从上了趟厕所后，不知道什么原因，一直难以入睡。他回想着这几年的革命斗争，自己东躲西藏，居无定所，到头来连家也顾不上，连怀孕的妻子也照看不好，心里不禁充满了愧疚。他轻轻地从床上爬起来，站在窗前出神地望着黑漆漆的夜，心里念叨着：是不是马上就要天亮了？革命的出路在哪里？我能看到革命胜利的那一天吗？

窗外，不远处闪耀着几点灯光，他心里纳闷了：什么人现在还在外面奔波？随着那些光点越来越近，刘祖武才猛然意识到不好——那是赶过来的靖卫队！是来抓他的！

那些人正是邓中林带过来的靖卫队和义勇队，他们正分成几路堵了过来，刘家排上顿时鸡飞狗跳，喧闹不已。

刘祖武顾不上还在睡觉的妻子和孩子，迅速冲向后门，打算从后门逃走。但是已经迟了，打开后门，他听到了不远处传来的吆喝声，敌人已经将他的住处包围了。

他咬着牙，心一横，从正屋里摸了一把柴刀，沿着后门菜园子溜了出去。

“给我守住啰，抓到活的有赏，要是遇到抵抗，就地处决！”黑暗中有个声音喊起。

刘祖武藏在菜园的篱笆脚下，手里紧紧地攥着柴刀。此时，他想到了自己的家人，无论出了什么事，绝不能连累家人。他悄悄地沿着菜园子的篱笆移动着，很快便看到了敌人的身影。他潜伏着，等着敌人再靠近些。

这时一束灯光照过来，敌人发现了躲在篱笆下的刘祖武。

“在这里！”有人大喊。听到喊声，立刻有大批的敌人围了过来。

刘祖武知道自己暴露了，心一横，瞬间跳了起来，拿起柴刀奔向敌人。

“不许动！不许动！”几支枪指向高高举着柴刀的刘祖武。

“砰！砰！”两声枪响划破夜空，显得格外刺耳。一个军官模样的人举着枪，恶狠狠地说：“再动就打死你！”

刘祖武知道反抗已经没有任何意义了，他颓丧地放下了手中的柴刀，任由拥上来的敌人捆了个结实。

“你叫什么名字？”那个军官模样的人问道。

“刘祖武——把我带走，不要惊动我的家人。”刘祖武的声音里满是悲戚，他知道，家里人就在门后，但是他们不敢轻举妄动。

“带走！”有人大声喝道，一帮人押着刘祖武迅速离开。

“祖武——”后门被家人打开了，正屋里传来女人撕心裂肺的喊声。

顿时，小小的村落骚动起来，一户户人家的大门打开，村民们都走向这边，看着刘祖武家门前，挺着大肚子的女人披头散发，坐在地上声嘶力竭地哭喊。

随后大家才知道，原来是刘祖武偷偷回家被人告发了，靖卫队和义勇队来人把他抓走了。

小年一过，上栗县城便开始有了些年味，乡下人会在年前的几天到县城置办一些年货，小小的县城便也热闹起来。

处决赤卫队队员的通告早几天就贴在了上栗万寿宫大门旁边的墙上，消息也在县城流传开来。

“听说今天下午石板滩要处决犯人，咱们去看看？”

“要杀谁呀？”

“听说是几个赤卫队的，年前被抓了，今天处决。”

“唉，这些人倒是有血性，咱们去看看吧。”

午后，天空中突然涌起乌云，像是要下雨了，但是处决犯人的消息还是吸引了越来越多的人朝石板滩这边聚集。

下午三时，从上栗万寿宫里面出来一批荷枪实弹的士兵，整齐地排列在万寿宫通往石板滩的路上，将围观的老百姓挡在了外围。不久，一队人马押着三个遍体鳞伤的赤卫队队员从万寿宫出来，朝着石板滩而去。

“祖武！”人群中有女人的哭喊声。刘祖武抬起头，循着声音望去，尽管眼睛被血痂粘住了，他还是看到了人群中的女人。女人挺着大肚子，身边带着孩子，一脸无助和悲戚。他的心里涌起了愧疚，他才三十一岁，上有老人，下有孩子，他知道自己对不住家人，但是他的内心更多的是大义凛然。三年多的革命生涯，战友们前仆后继，牺牲了不少，他见得太多了，对于参加革命，他从来没有后悔过。他知道，敌人越是丧心病狂，就越证明他们心虚、害怕。如今，萍浏醴地区的革命队伍已经暗地里连成了一片，这股力量正在聚集、壮大，有朝一日一定会排山倒海般爆发，彻底扫荡这世间的牛鬼蛇神。只是遗憾的是，这一天他再也看不到了。

刘祖武平静地朝前走着，但他还是不想被人搀扶。这段时间，敌人的严刑拷打并没有让他屈服，即便面对死亡，他也挺直腰杆、从容不迫。他刘祖武是堂堂正正的汉子，是经受住了考验的赤卫队队员。

押解的队伍终于来到了双溪桥边，周围是黑压压的群众。看着三个血肉模糊的赤卫队队员从容地走过来，每个人的眼里都充满了敬佩。

刽子手早已提着刀等在那里。

“老张，是你呀？放着猪不杀，改行杀人了？”看着刽子手，刘祖武苦笑道。

“祖武，你别怪我呀，不是我心狠手辣想砍人头哇，毕竟砍一颗头的钱抵得上我杀头猪了，我也是为了生计呀，家里五个孩子等着我养啊。”张屠户解释道。

“我不是怪你，生活在底层的人，谁不是为了吃口饱饭。只希望你等会儿手脚麻利点，让我少点痛苦。”刘祖武轻声道。

“一定的，一定的。”张屠户道。

刘祖武不再言语，他看着灰暗的天空，乌云在翻滚着，笼罩在上栗的上空，一场大雨随时会倾泻下来。栗水河咆哮着、奔涌着，像在呐喊，似在哭泣……

“时辰到！”

随着一声令下，“咻”的一声，刘祖武觉得自己的灵魂顿时脱离了身体，飞向了天空，伴着狂风起舞，和着雨水倾泻而下，像是要洗净这世间的罪恶。他看到自己的身体倒在双溪桥下，头颅被提着放在双溪桥的桥墩上；他看到女人不顾倾盆大雨，瘫坐在泥水里像疯子一般号啕大哭；他看到黑压压的人群肃立在冰冷的雨中，守护着牺牲的三位赤卫队队员，久久不愿离去……

随后，所有的一切离他越来越远，变得越来越模糊了。

大年前两天，一个又黑又冷的夜里，大雨如注。

一个黑影悄悄溜到双溪桥上，轻轻地将刘祖武的头颅从桥墩上取下来，用带来的布包好，捆在自己的肩上。然后来到桥下，仔细辨认了一番，才背起刘祖武的无头尸体。

“哥，我们回家吧！”黑影哽咽着，带着刘祖武的头颅和尸体消失在黑暗中。

大年前一天，上栗万寿宫。

“补鞋啰，补鞋啰！”大头坐在上栗万寿宫前的鞋摊前，不停地吆喝着，眼睛却盯着从万寿宫进进出出的人。

突然，一个熟悉的身影映入了大头的眼里，他看到披着雨衣的邓中林鬼鬼祟祟地溜进了万寿宫。不一会儿，他又从里面出来，摸了摸鼓鼓的腰包，脸上带着笑意。

“老李，帮我看一下摊子，我有点事。”大头对旁边的一个老头说道。然后，他披着雨披悄悄地跟上了邓中林。看到邓中林在商铺里转悠了半天，买了不少年货，大头眼中的怒火慢慢地升腾起来。

年后的一天下午。邓中林到妹夫家吃午饭，和妹夫一起喝了几杯酒，两人一直喝到下午三点多钟。邓中林不胜酒力，喝得晕晕乎乎的，一路哼着小曲往家赶，快到四点的时候，他来到了家门口。

“邓中林！”远处有人喊他。

“叫我干吗呀？”邓中林嘟囔着，朝喊他的方向望去，他看到不远处奔过来三个人，两个人手里提着刀，另一个人握着鸟枪。他一下子酒醒了一大半，内心充满了恐惧。他知道这三个是什么人，也知道他们为何而

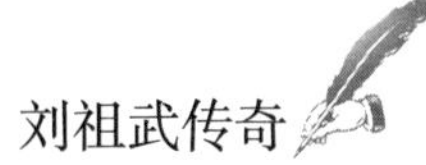

来。他想都没想，拔腿就往家里跑，哪知道大门上了锁，他来不及开锁，于是跑到围墙边准备翻墙。

只听得“砰”的一声，鸟枪响了，邓中林应声倒下。三人迅速跑过来察看。大头握着大刀奔上前一刀砍了下去，邓中林顿时身首分离，鲜血流了一地，寒冷的风吹过，流出来的血液开始慢慢凝固。

看着死去的邓中林，大头喃喃道：“祖武哥，你的大仇我们替你报了，你可以安息了！”

说完，三人迅速离开，消失在渐渐笼罩下来的夜幕中。

远方，斑竹山群峰嵯峨，漫山遍野的斑竹在晚风的吹拂下发出“呼啦啦”的声音，好似告慰已逝的英灵，又如同万千战士冲锋的号角……

朱屠户的手秤

上栗菜市场有一屠户姓朱，生得五短身材，暴突眼，朝天鼻，满脸络腮胡子，凶神一般。按理说，他这副尊容只会吓走顾客，哪能招徕生意。可偏偏这个朱屠户的生意却好得出奇，别人一天卖不了一头猪，他一天要卖三四头。要问缘由，不说你还真不知道，这朱屠户有一绝活：卖肉不用秤，只手里一拿，一掂，便知斤两，一斤肉误差不超过三钱，你说神不神！买肉的顾客大多是冲着他这手绝活来的。

却说这天，朱屠户照例低着头在肉案前忙活，冷不丁“啪”的一声，一块肉扔到他面前。朱屠户抬头一看：这不是王胖子吗！只见王胖子正一脸怒气地瞪着他，朱屠户心里就犯嘀咕了：王胖子今儿个这是咋了？刚才买肉的时候还笑呵呵的。想归想，他还是忙赔着笑脸对王胖子说：“王兄，板着一张脸，为啥事呢？”

“啥事？我问你，我是不是在你这里买了一斤肉？”王胖子气呼呼地质问。

“是呀。”朱屠户不知道王胖子葫芦里卖的什么药。

“可为什么我手里的肉有一斤二两？”王胖子指着肉案上那块肉对朱屠户说。

王胖子这么一说，旁边就有人笑了：这算哪门子事，得了便宜还卖乖呀。

王胖子却不管不顾，不依不饶："你不是手能知斤两吗？今儿个怎的不灵了呢？"

旁人一听，算是摸着点门道了：敢情这是来砸场子的主。于是都围过来看热闹。

朱屠户心里自然也明白了七八分，只见他暴突眼一瞪，捋起袖子，指着王胖子的鼻子发狠地说："要是不认你王胖子是老主顾，我现在就揍你一顿；今儿个你说得清也要说清，说不清也要说清，我怎么就秤不准了？你想脏我的名声坏我的生意，那你就打错算盘了。"

王胖子也不示弱，身子往前一靠，对着围在旁边的众人道："我王胖子向来光明磊落，不干见不得人的事，今儿个我就实话实说了。"

眼见着围上来的人越来越多，王胖子清了清嗓子，说："我王胖子餐餐要吃肉，天天买肉都是到朱屠户的铺子上。今儿个我照例买了一斤肉，眼见朱屠户掂量着割下一块，咱信得过他的手秤，提肉就走。这不，我走到旁边一个蔬菜摊前买萝卜，信手把肉往那称萝卜的电子秤上一放，一斤肉变成了一斤二两。咱不贪图便宜，但有多的时候就会有少的时候，不能凭假手艺唬人，大家说是不是这个理？"

一听这话，周围就有朱屠户的顾客提起自己手里的肉掂了起来，生怕自己手里的肉少了斤两。

朱屠户这时算是弄清楚了情况，只见他大手一挥，对众人道："我老朱的生意，承蒙大家照应，也全凭我这双手，大家也是相信我老朱这双手准确无误不会缺斤短两才来我的铺子买肉。"

大家都点头称是。

朱屠户转过头来向着王胖子，说："我相信你也不是有意找碴，你刚才在我这买了一斤肉，这不假。咱这事这么办：如果你这一斤肉误差超过三钱，不用你说，我把我这割肉的手当着大家的面剁了；但如果是你搞错了，你当着大伙儿的面给我道个歉，行不行？"

这话一出，众人都紧张了，万一朱屠户的手秤真出了差错，这岂不是要断了他的生计！王胖子心里暗暗佩服朱屠户的胆气，同时也觉得这事自己有点过分，但事已至此，已经没有回头路了。

“现在请你把那个卖萝卜的请来。”朱屠户鼓着暴突眼对王胖子喝道。

王胖子想着心事，突然听得朱屠户这一喝，随即转身一看：哪里还看得见那个卖萝卜的！只剩一块空案板孤零零地摆在那，敢情那卖萝卜的听到了这边的争闹，早溜了。王胖子这一惊非同小可，脑门上顿时冒出了冷汗珠子：原告既没人证也没物证，这算哪门子官司？这污蔑的罪名，自己就是跳进黄河也洗不清啊。

朱屠户顺着王胖子的目光看去，再回头看王胖子尴尬的神情，心里明白王胖子不是有意为难自己，于是对王胖子说：“找不着卖萝卜的，你就去菜市场大门口旁边的工商所将王所长请来，让他来做个公证。”

王胖子一听，这是朱屠户给自己台阶下呢，忙擦去额头上的汗珠，转身分开人群就要去找王所长，谁知这时人群中忽听得一个声音：“我来了，不用去找了。”

众人扭头一看，正是这片菜市场所辖工商所的王所长，只见他微微一笑，说：“现在都讲明星效应，老朱就是咱们菜市场里的明星，以前他的绝活经受住了大家的考验，但并不代表以后不会出差错。我看老王做得好，是明星更得货真价实，我们要随时监督他。”

众人都点头称是。

王所长接着说：“我带来了目前市面上最精准的电子秤，现在我们就一起来检验一下老朱的绝活，要是不灵验了，也别说什么剁手，以后就买个电子秤，一斤一两老老实实给顾客过秤。”说完，王所长将电子秤放在了肉案上，所有的目光都集中在了这个小小的电子秤上。

“把肉拿过来。”王所长吩咐道，王胖子随即将肉递了过去。

“咚”的一声，王所长将肉放进了秤盘里，这声音虽小，但吸引了在场的每个人的注意。众人盯着电子秤的指针晃了几下，最后停在了一根粗红线上。

“正好一斤！别说差二两，分毫也不差！”王所长兴奋地说。人群随即爆发出一阵热烈的掌声和叫好声。

“那只能说明一个问题：那个卖萝卜的电子秤有问题，做着缺斤少两的缺德生意，而不是老朱的手秤有问题。”王所长道，“老朱的绝活仍然是绝活中的绝活！”

从那天起，朱屠户的生意更加火爆，王胖子还是天天来他的肉案前买肉。

从那天起，上栗菜市场就流传出了个歇后语：朱屠户的手秤——分毫不差！

晒黄泥的老黄

天刚蒙蒙亮，老黄就睡不着了。他睁开眼睛，望着天花板上的吊扇不紧不慢地旋转着。老伴说过，风扇不能开最高挡，转得快容易坏。虽然老伴去世两年了，但他家的电扇还是这样不紧不慢地转着。天气实在太热了，老黄摸了摸后背，背心全湿了，凉席上都有一个人形的印子。再睡肯定睡不着，老黄索性起床，他轻轻地推开大门，一阵凉风吹了过来，老黄顿时感觉到全身三百六十万个毛孔都张开了，别提有多舒爽。他望了望天空，天上有几颗星星在闪烁着，显得那么空旷遥远。今天铁定又是个大晴天，老黄想。

老黄站在大门口的时候，大黄蹿了过来，凑过来不停地往老黄身上蹭，嘴里“呜呜”地叫着。老黄也不恼，摸了摸大黄背上的毛，说道：“等我收拾一下就出发吧。”大黄是老黄养的狗，自从老伴去世后，大黄跟老黄亲近了许多。

老黄出发要去的地方，是自家后山的黄泥山，离家也不过是两三百米的距离。黄泥山的黄泥黏性强，最适合做鞭炮的黄泥底子。说起来，老黄在后山晒黄泥快十年了，当初儿子考上了高中，老伴身体一直不好，靠他一个人在鞭炮厂打工的收入，养家根本不够，他咬咬牙辞了这工作，一个人在后山晒黄泥。晒黄泥是辛苦活，先将黄泥从山上挖出来锤碎，然后倒在平整的空旷地耙平曝晒，晒干后装进蛇皮袋。早先的时候收购价一块钱一袋，十年过去了，现在还是不到三块钱一袋。晒黄泥是纯粹的体力活，从挖黄泥到装袋，都是高强度的重体力劳动。而且这活还得看天气，太阳越毒辣越好，下雨则不行，所以老黄干活基本上都是在太阳的曝晒下进行。

老黄穿着一身粗布衣裤，脖子上挂着口罩，向后山走去，大黄则跟在老黄身后，呼呼地喘着粗气。老伴过世后，老黄才买了打黄泥块的机子，再也不用拿着锤子蹲在太阳底下锤黄泥块，省了不少体力，每天的产量也提高了不少。

山风吹过，凉气透心，老黄贪婪地吸了几口，感觉鼻子里黏黏的，嘴里干干的。晒黄泥不但累，而且脏，整个过程都伴随着黄土飞扬，身上的汗水和着黄土，一天下来身上就像抹了一层厚厚的黄泥。虽然戴着口罩，但飞尘堵在鼻子里，连呼吸都不顺畅，满嘴的黄泥，连吐出来的口水都是黄的。

东方的天空越来越亮，老黄熟练地挖着黄泥，趁着太阳还没出来，他想多做点事。以前老伴在世的时候，早上会比他起得更早，起来后第一件事就是煮一大碗面条给他吃，她知道老黄干的是累活脏活，所以心疼老黄。可自从老伴去世后，他每天早上都是饿着肚子去干活，累了自己收拾一下到附近的铺子里买个馒头充饥，或者干脆带着馒头应付肚子。

太阳出来的时候，老黄休息了一会儿，将带来的馒头吃了，然后开始打黄泥。他用一条毛巾将头包起来，紧了紧厚实的口罩，将黄泥推进机斗里，机器轰隆轰隆地响着，腾起的黄色灰尘顿时将老黄包裹了起来。今天的天气很好，太阳刚一出来，热浪便掀了起来，老黄身上的汗水涌了出来，那种闷热的感觉很难受，连呼吸都是小心翼翼的，就像一个猛子扎在水里一样憋得慌，生怕一个深呼吸让灰尘透过口罩渗进来。灰尘布满老黄裸露的皮肤，与汗水掺和后粘在一起，同时还从老黄宽大的袖口、裤腿钻进去，然后和着汗水往下流，老黄只觉得身上痒痒的，仿佛好多毛毛虫在身上爬，但他已经习惯了这种感觉。老黄揩了一把快要流到眼睛里的黄泥汗水，狠命地甩了几下头，就像刚从水里跳出来的狗甩身上的水一般。

太阳越来越毒辣，老黄在灰尘里挥汗如雨，机器的轰鸣声让他的耳朵有些麻木，他觉得眼睑上似乎蒙上了一层黏黏的黄泥，看东西的时候有些模糊，透过黄色的尘雾，太阳呈现橘黄色。现在用机子打黄泥块，比起以前要方便轻松不少。以前将黄泥晒好后，要一点点锤打成细粒，然后收拢起来，装进蛇皮袋子里。现在机器直接将黄泥块打成匀称的细粒，细粒从斗内筛下，下面就用蛇皮袋子接住，装满后封口，效率提高了不少。老黄一直都是一个人干这活，不是他不想请个帮手，而是帮手难请，没谁愿意打这份又累又脏的工，这么多年老黄也习惯了一个人。以前老伴在世的时候，有时候会帮他翻翻晒在地上的黄土，扎扎黄泥口袋，而现在老伴已经与黄土为伴，彻底地融入黄土中了。

老黄的这些念头在心头一晃，立即就随着黄泥汗水滴进黄泥里。他是个坚强务实的人，他父亲死得早，自己兄弟姐妹多，结婚的时候分家，他分了半间土坯房，半亩水田，然后就是后山那鸟不拉屎的黄泥山。随着女儿和儿子的出生，生活压力陡然增大，他和老伴便只有没日没夜地做事赚钱，在黄泥山下盖了自己的房子，老伴就是在那段长时间超负荷体力劳动中落下病根的，有了病老伴又不愿去治，总是想留着钱供一双儿女读书。对于穷怕了的他们来说，舍不得浪费一分一毫。可是到头来，钱没留住，人也没留住。这座父亲当年分给自己的黄泥山，让他得以将儿子和女儿送出这个小山村，也将他的老伴长久地留在了这里。

快到中午的时候，老黄看了看堆成小山一般的蛇皮袋子，估摸着下午要送的货差不多够了，于是停下了手中的活计，赶回去自己做饭。他赶回家，大黄不知从哪儿蹿了出来，在他面前打着滚。老黄也不搭理大黄，径直来到洗澡间洗澡。他打了好多洗发膏洗头，那黄泥水藏在洗发膏的泡沫里，顺着老黄的身子往下流，老黄不停地搓洗着头发，虽然头发很短，但好像里面的黄泥总是洗不干净，这让老黄很沮丧。于是他转而用香皂洗身子，香皂很滑腻，打在身上跟黄泥汗水揉在一起，变成黄色的泡沫膨胀起来，带给老黄一种滑腻的快感。老黄闭着眼睛，握着香皂轻轻地在身上涂抹着，将喷头对着自己，任水不停地冲刷。

洗完澡后，老黄一边蒸饭一边炒菜，蔬菜是自己种的，冰箱里留着肉。老黄不会做厨房里的事，以前老伴在世的时候，她会将这些家务事打理好，老黄基本上过着饭来张口衣来伸手的生活，但现在老伴不在了，这些事就要自己来做。当然，儿子和女儿也劝过他，要他再找个伴，他知道女儿和儿子读了书思想开明通情达理，但他自己却无法接受。老伴去世两年了，但房子里仿佛到处都有她的气息。

吃完饭，老黄将碗洗了，然后穿着大裤衩赤着上身躺在大门口的躺椅上，每天中午休息一会儿，是他多年来养成的习惯。他微眯着眼睛，贪婪地呼吸着这闷热午后空气里的一丝凉气，感觉被黄泥汗水堵塞的毛孔又在慢慢张开，轻风偶尔吹过门前的几棵大樟树，树枝摇曳，发出沙沙的声音，老黄便在这树叶的沙沙声中进入了梦乡。

这一觉一直睡到下午三点才醒。醒来后，老黄又穿上上午脱下的工作服，一股馊味直冲鼻子，但老黄好像没闻到一般，连眉头都没皱一下。他掏出手机打了个电话给村里开农用四轮车的老李，叫他来拉黄泥，然后自己也朝黄泥山走去。

他刚来到工地，便听到老李的四轮车“突突突突”的声音。这些年，给老黄拉黄泥的业务一直都是老李在做，老李人实在，他会一直帮着老黄将一袋袋黄泥装上车，拉到目的地后，他又会帮着老黄将卸下来的一袋袋黄泥码放好。老李从没因此多收老黄一分钱运费，也从没抱怨过。

老李熟练地将车子倒好，然后跳下车，笑眯眯地望着老黄，问道：“今天这车送哪个厂里？”

老黄答道：“送金山老方厂里。”

老李跳上车，将车边门打开，老黄在下面将黄泥一袋袋递给老李，老李接过来在车斗里码得整整齐齐。这时候黄色的灰尘又开始弥漫了，所以两个人都不说话，只闷头干活。将近一个小时后，两人才搬完，装了满满一车。老李跳下车，从驾驶室拿出一条毛巾，在脸上狠狠地搓了几下，毛巾立刻变成了黄色，脸上也被搓成一条条的黄杠杠，活像个唱老戏的。老李也不管，跳上车对老黄说："咱们走吧。"车子便"突突突突"地朝老方的厂子开去。

老方的厂子不远，但路不是很好，车子颠簸了将近半个小时才到。门卫认得老黄，所以早早就开了大门，车子一路"突突突突"地开到放黄泥的工棚。

老方大多数时候都待在厂里，此时他远远地跟老黄、老李打招呼："先下来歇口气，喝口水。"

老方是老黄的老主顾，从老黄做黄泥生意起，老方便一直买老黄的黄泥。现在有些厂嫌黄泥太重，又脏，都开始改用其他替代品了，老方却还在坚持用黄泥。老方说，老黄的黄泥好，他以前用别家的黄泥，鞭炮老出质量问题，自从用了老黄的黄泥后，再没出过这方面的问题。老黄一直很感激老方，他刚做黄泥生意的时候没有销路，老方不但自己厂里用他的黄泥，而且还凭他超强的交际能力给老黄介绍了不少客户。

老方拿着两瓶矿泉水走过来，老黄和老李也从车上跳了下来。老方是个干净的老头，虽然看上去年纪大了，而且有些秃顶，但全身上下收拾得干干净净，很有几分城里退休干部的味道。老方走过来一边将水递给老黄、老李一边笑道："老黄啊，你放着儿女的清福不去享，偏要待家里累死累活赚这几个辛苦钱，何苦哇。我要有你那命，早跑城里去了，早上打打太极，晚上遛遛狗，那才叫过日子。"

老黄不作声，只笑，每次来老方厂里送黄泥，只要老方在，他都会说这番话。老黄的一双儿女一直很优秀，小时候读书很用功，后来两人都考上了大学，毕业后便在外地工作了，女儿已经嫁到了外面，儿子也在外面谈了女朋友，都有房子有车，条件很不错。老伴过世后，儿子和女儿都不想父亲一个人待在家里，都要来接父亲和他们一起生活，但老黄死活不愿意。老黄就乐意每天守着老房子，每天顶着毒日头晒黄泥，每天与大黄相依为命。老黄迷信，他和老伴一直生活在这房子里，他害怕他离开了这座老房子，老伴找不到他了，想托梦给他都不知道托到哪儿去。这些年，他自认为家运不错，他怕自己一走，这房子的好风水就破坏了，他怕影响孩子们的前程，虽然老伴不在了，他还是想守着这个家，好像是守着自己的灵魂一般。当然，老方不会明白老黄心里的想法，老方看见老黄和往常一样不吭声，也只能叹气摇头，叹自己为啥就没这么好的命。他没有老黄那么优秀的儿女，两个儿子虽结了婚生了孩子，却啥事也不做，每天就知道在外面玩，连个人影都看不到，要是回家了，也只有一件事，那就是跟他要钱。孩子不争气，逼得他到了这把年纪，还得为儿子孙子着想，拼命挣钱，自己想想都觉得悲哀。

老黄自然也不懂老方的心思，两人喝完水后，老李开启自动卸货装置，将黄泥倒出来，然后两人背着一袋袋黄泥码到工棚里。老方数了一下数，叫来会计登记好，老黄便跳上老李的车，朝家的方向开去。

回到家后，老黄又去洗了个澡，顺便将穿了一天的工作服洗了，晾在屋前两棵樟树中间的绳子上，然后穿上便服，扛着锄头去地里锄草。

老黄一直忙到天擦黑才回家，晚饭不用再弄，就着中午的剩饭剩菜吃，吃不完的便倒给大黄。将厨房收拾好后，他又去简单地冲了个凉。

天上的星星已经出来了，远处，青蛙“呱呱呱呱”地叫个不停。累了一天，老黄终于躺到了床上，他将电视开着，看打日本人的抗日剧。看了一会儿后，他觉得有些困了，迷迷糊糊中，他仿佛看到老伴走进了房里，站在他面前，久久地凝视着他。房子里，慢慢地响起了均匀的鼾声。

窗外，月光如水。

泥水匠老罗

天刚蒙蒙亮，老罗便起床，光着膀子穿着裤衩洗漱完毕，然后推开大门看了一下天空：东方现出一抹红。老罗知道今天应该是个大晴天，于是一边蹲厕所一边拨通邻居老左的电话，将他叫了起来。从厕所里出来，他来到客厅，将昨晚回家时丢在角落里的工具袋提了起来，清理了一下里面的工具，再将袋子用皮带捆在摩托车的后面。

此时，老左已经来到他家门口。老左穿一身破旧的牛仔服，斜挎着一个帆布袋子。老罗则穿一身军布衣裤，将摩托车推了出来，骑上去发动起来，老左跨坐在摩托后座。此时，已经是早上五点半了。

老罗是一名泥水匠，十八岁开始学徒，现在已经五十六岁了，他记不清自己盖了多少房子做了多少工程。他以前一直在建筑公司的工地上做零工，做一天算一天的钱，虽然近几年工价不停地往上涨，但老罗仍然觉得养家很吃力。老罗的老婆主要在家做家务，闲暇时才去附近的鞭炮厂做点事，一双儿女都在读高中。后来，老罗就自己包点工程，虽然要承担部分风险，但至少收入提高了，做不过来的时候，他也请人来帮忙。

老左多年来一直跟着老罗做小工。老左左腿有点残疾，以前在建筑工地上做事，总是受师傅们的歧视，少给他工钱，后来和老罗在一个工地上做事，老罗看他做事踏实，能吃苦，便一直让他跟着自己打打下手。现在，老罗在县城城郊承包了几栋房子的工程，每天清晨他们得从乡下赶到县城做工。

今天，他们要去县城郊区一栋三层别墅工地，户主催得急，所以老罗想尽快将别墅完工。从家里到上栗县城骑摩托大约需要十五分钟，等两人吃完早点赶到工地的时候，电话通知的其他几个人也到了——两个大工和四个小工。老罗简单地分了一下工，今天几个人再砌一天墙，明天自己收一下尾，后天就可以装模浇顶了。

这是一个夏天的上午，老左照例给老罗打下手，老罗拿着砌刀跳上架板，老左则往架板上递放着砖和灰泥。刚上架板，老罗身上便开始冒汗，汗水在军布衣服内往下流，痒痒的感觉。老罗皮肤黝黑，看上去像一层老树皮，是经历了风吹雨淋日晒才锤炼出来的。老罗说自己以前也是个白净小生，但做了泥水匠这个行当，便注定要经受得住风雨，老罗自嘲说这叫沧桑感。夏天日子长，是泥水匠最忙碌的时候，老罗一天可以砌三千块砖，自己的工钱就有三百元左右。

上午要一直忙到十二点才休息，架板上的老罗真的可以用挥汗如雨来形容，他不时地用手擦拭额头上流下来的汗珠，除了中途户主招呼吃了一次西瓜外，他一直低着头不停地将砖头一块一块地码上去。老左因为不停地递东西上架板，灰尘和泥屑溅到脸上，搅和着汗水，如同京剧里的花旦。

中午，老罗和老左招呼其他工人下架。老罗将衣服脱了下来，光着膀子使劲拧，衣服如在水里浸过一般，积存的汗水滴落在地上，很快形成了一摊摊水渍。午饭各自解决，有的小工自己带了盒饭，此时随便找了个角落，狼吞虎咽地吃了起来，吃完后找个稍微干净点的地方倒头便睡。老罗和老左都不带饭，又都喜欢喝点酒，于是就近找个小餐馆，点两个菜，要来四瓶啤酒。老罗并不觉得自己多么奢侈，他坚持认为喝酒能解热毒。这些年每天风里来雨里去，却从没进过医院，也许就与自己喝酒的习惯有关。两人轮流付餐费，但总归还是老罗付的次数多些。

下午开工则要看天气，如果太热，老罗一般会招呼大家三点后开工，毕竟顶着这么毒的太阳做工容易出事，出了事自己逃不了责任。现在做这种事的大多是上了年纪的人，年轻人吃不了这个苦。

无论夏天还是冬天，老罗都不习惯戴安全帽或草帽，他觉得安全帽太重，会影响颈椎，草帽则完全没有用。但老罗会戴手套，砖头太粗糙，特别伤手，老罗的手看上去好像枯枝一般。夏天，每次将手从手套里掏出来，都能带出一大摊汗水。冬天，即使戴了手套，老罗的手上还是布满了冻伤，一个个裂开的口子渗出血水，每动一下都钻心地疼，何况还要码砖头砌墙！

这样的季节，老罗他们一直要做到天麻麻黑，将近七点钟的时候，其他人收工了，老罗自己还要再做一会儿，这时候太阳已经下山了，空气里有一丝丝风，老罗觉得没有比这时候做事更舒服的了。

收工的时候天已经完全黑下来了，老罗对今天的进度很满意，几个人将墙全部砌完了，明天自己只要来工地收一下尾就可以了。他将砌刀等工具放进帆布袋，然后招呼老左一起回家。

马路边的路灯已经亮了，天气太热，好多人晚饭后出来散步，或者在空旷的地方跳广场舞。老罗不关注这些，那是另一个世界的人，与他没有半点关系。他一边骑着摩托车，一边贪婪地呼吸着空气中的凉气，呼啸着朝家的方向奔去……

老张的故事

俗话说，三百六十行，行行出状元。道理都明白，但状元哪有这么容易出？于是又有后话，那就是干一行就要精一行。如开茶楼的懂茶叶，懂茶道，客人一来，绿茶、红茶、普洱你得先说一箩筐，然后泡茶的门道步骤、各种手法，你得比画比画，一泡女儿红，二泡徐娘韵，你得如数家珍。客人一听，哟，遇到行家了，长见识了，喝！喝完再买！这生意就做成了。

再如卖五金的，什么螺杆配什么螺帽，啥水管接啥型号，人家外行人说个大概，你内行人就要明白，否则自己跑断腿，客户还会埋怨你，以后的业务也就黄了。这话说着说着，就说到老张身上了。

老张早年在上栗专门装水电，装水装电是技术活，人家盖新房子，水电线路埋在墙里，三年五年不会理，十年八年不会动，你得提前做好，要是没做好，今天这里漏水，明天那里漏电，你疲于奔命累个半死，名声也算是坏了，房主说到你，白眼一翻：嘁，这人……你得明白话里话外的意思。

老张当然也明白其中的道理，他把所有的时间都用在了工作上，每天早出晚归。老张不抽烟、不喝酒、不打牌，说到老张，客户都会竖起大拇指：这小伙子实诚。老张做事雷厉风行，待人却如柔风细雨，深得客户信任。

顺便说一句，其实那时的老张并不老，只是长年累月风里来雨里去的，显得有点老成。

几年的水电家装服务做下来，老张积累了不错的人脉，于是和老婆一合计，开起了一家五金店。店名就用了自己的姓拆开，叫“长弓五金”。别说，这名字形象、生动、好记，既有“弯弓射大雕”的豪气，又让人马上能想起老张这个人。

“长弓五金”开业后，老张更加勤奋，他每天早上六点起床，跟客户沟通、送货、安装，一直要忙到天黑才回家。老张勤奋、实在，五金生意越做越大，“长弓五金”名气也越来越大，但老张却不满足于现状，他在心里打定主意，要向烟酒市场挺进。

一个从不抽烟喝酒的人去做烟酒生意，亲戚朋友都认为老张疯了，连一直在身后默默支持他的妻子也表示质疑。但老张信心满满，他认为时下烟酒市场比较混乱，如果自己做品牌、树形象，只要消费者信得过，那就能做起来。

于是老张紧锣密鼓地开始筹备，他瞄准了一个老字号品牌，这个品牌曾在上栗辉煌过，很多上栗人都知道。拾起曾经的老牌白酒，仿佛拾起了上栗人的记忆，于是他选定代理这个品牌，正式做起了烟酒生意。

“醉美酒坊”开起来了，烟酒卖起来了，生意做起来了，接下来干什么？老张这人不按套路出牌，接下来他和品牌方一起捐资助学，与教育部门和学校对接，帮扶了一批贫困学子，看着兴高采烈的孩子们，老张只憨憨地笑。他说他喜欢做些有意义的事，而这事，有意义！

每天在“醉美酒坊”喝茶聊天的，除了生意人，就是上栗的文人墨客，大家围坐在一起，谈古论今，谈文作画，饮酒吟诗，不亦乐乎。

老张常说他不像是生意人，更像是文化人，他一直喜欢并推崇中国传统文化，对上栗地方文化近乎痴迷。这爱好和烟酒有关系？和“长弓五金”有关系？头都想炸了也想不出有啥关系。但偏偏他的烟酒生意好起来了，酒店里摆着酒，酒桌上喝着酒，生意越做越大。一提到老张，大家都知道，“醉美酒坊张总啊，认识！”

一个不抽烟、不喝酒的人，偏偏将烟酒生意做得风生水起，这事有点怪，但又不奇怪，老张自己倒是说出了其中的秘密：“做生意先做人，人做好了，生意自然也就能做好。”

这话说得轻松，但值得玩味：想做好生意的人不少，但真正能做好人的有几个？说到底，做生意难，做人更难！

老　朱

老朱小的时候叫小朱。

小朱跟我家住得不远，再加上小学的时候我们是同班同学，所以走得比其他人近。不仅如此，我们走得近还因为我小时候经常遭人欺负，他总是跳出来保护我。如果按年龄算，小朱应该比我大两三岁，不过他留过级，最后跟我一班，不但跟我一班，而且是同桌。

那时班主任老师说，好学生要带差学生，小朱自然就成了我的帮扶对象。小朱不喜欢读书，一上课他就睡觉，一下课就生龙活虎地跑出去，不到响第二遍上课铃不会想着进教室。说也奇怪，只要一进教室，他立马能趴在课桌上睡着，有时候还会有轻微的鼾声。我从来不会打搅他睡觉，老师也不会，小朱到底比我们大两三岁，差不多比我们高出了半个头，班上无人敢惹他。但小朱对我不错，几乎每次睡醒后他都会满脸歉疚地问我：没吵着你吧？每次我都是笑笑说，没有。他有时候会从家里带些东西来给我吃，我看得出他虽然不想读书，但对于想读书的人他是尊重的，所以我跟他同桌，彼此能够很好地相处。他脾气拧，考试的时候宁愿考低分，宁愿挨骂，也不屑于抄我的答案。

小学毕业后，我和他便分开了，我考到了县城读初中，而他还是留在乡下那个小学继续读毕业班。后来我听说因为父亲生病，他不得已辍学了，跟着本地几个年轻人出去打工了。

几年后的一个暑假我见到了他，他比原来又长高了不少，可能是在外面打了几年工，人也变得白净了许多，看起来文文静静的样子。他对我说再也不出去打工了，现在跟着他父亲在县城开了个摩托修理店。我读高中的时候放假回家，要到县城坐车，有时候我会绕到他家的修理店去坐坐。那时候摩托车刚开始风靡，因此他总是忙不过来。他父亲身体不好，修理店实际上都是他在打理。我看着他在店里忙来忙去，心里默默数着他的进账，发现这小子在赚大钱。

读高中时我也曾迷茫过，几次差点退学。当我发现小朱守着个小店，每天整个人虽然乌漆麻黑，看着让人嫌弃，却不声不响地赚着大钱的时候，我便悄悄地跟他说："哥，我跟你干吧，打下手也行。"谁知我话还没说完就被他顶了回来："你去读书，啥也别想好好读书！"他朝我吼道。停下手中的活，他抽了一支烟，然后跑进铺子，从抽屉里抓了一把钱塞到我手里，说道："快滚回学校去，别妨碍我做生意。"后来我数了数那把钱，一张一张沾着油污的票子足有二百元。那时候二百元可不是小数目，相当于我一个月的伙食费，我怔怔地望着这笔"巨款"，心里却恨他有发财的机会不带带我。

从那以后，我再没去他的修理店。

再一次听到小朱的名字，又是几年后，那时我高中毕业了，勉强考了个师范学院，命运基本上是确定了，毕业后当一名教书匠。那年放假回家，恰好车上有个老乡，两人聊天聊到了小朱。

"老朱吗？现在做爆竹生意呢。"在老乡嘴里，小朱已经变成了老朱。

"那个摩托修理店没开了？"我有些疑惑。

"没开了，那种店太多了，再开下去应该没什么赚头了。"老乡点了点头。

"那他的鞭炮生意做得怎么样？"

“听说还好。”

回家后，我便直接去了老朱家。他家房子不错，三层小洋楼，想必修摩托还是赚了不少钱。到他家时，只见到处堆满了各种鞭炮成品半成品，他穿行在各式各样的货物中间，像极了地道里的老鼠。

我进门后，他抬头看到了我，脸上表情没有任何变化，只淡淡地问了一句：“你来干吗？”

“我来看看你。”我说。

他站了起来，拍了拍身上的灰尘：“我们出去说话吧。”

“能不能带带我，我想赚钱。”走到门口的时候，我直言不讳地说。

他笑了笑，淡淡地说道：“可以呀，你将地上的成品箱码上去。”

我看了看满地的成品箱，已经码好的差不多堆了六七件，高度已经超过了我的头，但还是咬牙道：“码就码，有什么了不起。”

一箱箱的成品鞭炮既大又沉，我这种平时很少锻炼的人，哪经得起这样的折腾，不一会儿工夫，就累得气喘吁吁，上气不接下气。

他不说话，把手伸过来握住我的手。“感觉到什么了吗？”他问。

他的手异常粗糙，而且……感觉少了点什么。我低头一看，果然，他的右手中指少了半截。

“这就是开摩托修理店那几年留给我的。”他摊开双手对我说。

这是一双怎样的手哇，即使是夏天，手上也布满一条条触目惊心的槽痕，这是冬天冻伤留下的伤疤，油垢和灰尘从伤口渗到肉里，已经永久地封存了。这是一双再也无法洗白的手，再配上那只残缺的右手中指，我无法用言语来准确形容当时的感受。

老朱却显得异常平静，对于我脸上显露出来的骇异视而不见。接着他又捋起左脚裤管，露出下半截小腿，对我说：“看看吧，这是做鞭炮的时候留下来的。”

我低头看去，只见他左脚显然是受过严重的烧伤，皮肉粘连在一起，由于裤管的摩擦，小腿上猩红一片，有的地方隐隐渗出血水。

老朱长叹一口气，对我说道："谁的生活，都不会是其他人想象中的那么容易，人前有模有样，人后的苦楚有谁知道？也许你现在厌倦的事，正是别人羡慕的，你是读书人，道理比我懂得多。"

我怔怔地望着他。这还是那个整天趴在桌子上睡觉的小朱吗？还是那个宁愿考低分挨骂也不去抄答案的小朱吗？不，他已成了老朱，是一条铁骨铮铮的汉子。我重新握着老朱那残缺而又温暖有力的手，心里早已是大雨滂沱。

这许多年来，也许因为在成绩方面的优越感，在我的潜意识里，一直认为自己比老朱要强，所以当他的日子越过越好的时候，我的内心深处总是有些不甘，但是这些都已经烟消云散了，因为我明白，老朱的人生，不是我能羡慕来的。

老朱帮我上了一课，那天以后，我的许多观念发生了改变，就像万物选择不同的季节开花结果，每个人都会有自己成长的节奏。接下来，作为教师的我所能做的，就是善待我的每一个学生。

你最珍贵

老李扛着一袋米从楼下爬上四楼，刚到门口，便气喘吁吁地叫了起来："老于，快开门，我吃不消了。"

屋子里传来答应的声音，门很快开了。"老于快帮我接一把，下不了肩！"老李大汗淋漓地扛着米袋站在门口喊。

老于走上前去，一边用双手抓住米袋的边角，一边说："说了叫米店老板送一下嘛——你慢慢放下来吧，我帮你托着。"老李慢慢地松手——

"哎哟！"老李腰一闪，米袋子从肩上溜了下来，老李一屁股坐在了地上。

"怎么了，老头子？"老于赶忙松开掉在地上的米袋子，颤巍巍地伸手想去扶老李。

老李双手撑着腰，摆了摆手，说："别动我，怕是腰给扭了——真是老了！"

老于听说老头子扭了腰，顿时站在旁边不知所措。

停了一会儿，老李试着慢慢地从地上爬起来，对老于说："帮我到卧室里把红花油拿过来吧。"

等老于从卧室里拿来红花油后，老李已经坐到客厅的凳子上了，正在撩起衣服察看伤处。

“老头子，伤在哪里？我帮你揉揉。”老于有些担心地问。

“还是我自己来吧。”老李从老于手中拿过红花油，涂抹了一些在腰部，然后轻轻地揉了起来。

这时老李的手机响了，老李手不方便，于是对老于说：“你帮我接一下，如果是老王打过来的，你就说我今天有点事，没空打麻将，要他找别人。”

老于拿过手机一看：“老头子，是丫头！”

“丫头？那快接！”老李有点痛苦地伸过头去看手机，然后又喃喃地说，“丫头差不多一个星期没来电话了吧。”

于是老于将手机开了免提，却听到那边传来“哇”的一声哭。

两位老人同时一惊，齐声问：“怎么了，丫头？”

“爸，妈，家傅欺负我。”那边哭道。

“孩子，到底怎么回事？家傅怎么欺负你了？”老李心急，声音有些颤抖。

“反正是欺负我啦，我要回家，我不跟他过啦——”那边的哭声更大了。

“丫头你千万别急，你刚怀了孩子，情绪这么激动会伤身子呀。”老于说。

“孩子我不要了，我要和陈家傅离婚！”丫头把手机挂断了。

“啥！”两位老人面面相觑，老李颤巍巍地站了起来，对老于说：“老于呀，我得去一趟珠海，我们把女儿交给陈家傅，不是让他来欺负的。”

“可是，老头子，”老于欲言又止，“你刚扭了腰，走路都困难哪。”

“不碍事，只要走慢一点就没问题——丫头从小没受过什么委屈，况且她肚子里已经有了孩子，我们又不知道陈家傅这小子对丫头做了什么——万一真有什么，我们可就后悔都来不及了。”老李一边说，一边将红花油交给老于。

“要不我们先打个电话问问家傅吧，这么远的路，万一咱们谁有个闪失，不是更会影响孩子？”老于想起自己去年动个胆囊切除的小手术，女儿女婿特意跟公司请假，买了好多营养品回到这个小县城里看望她，最后还是她逼着小两口回珠海的，毕竟小两口在外面打拼不容易。老于何尝不想女儿，老两口只有这么一个宝贝女儿，从小依着惯着，从没离开过自己身边，自从女儿和女婿离开家去了珠海后，她不知多少次偷偷地躲在被窝里流泪。

自己老了，帮不了女儿、女婿什么忙，但也不能给他们添负担，老于想。

老李穿好衣服，想了一会儿，对老于说：“可万一家傅不告诉我们实情呢？小两口闹了矛盾，你会相信家傅的话吗？那丫头岂不是要吃亏了。”

老于想想也对，于是对老李说：“要不我们一起去吧，我现在就叫大春帮我们订高铁票，行不？”

“行！越快越好！”老李的语气很坚决。

老于便打电话给大春，只说要去看望在珠海的老朋友，要他帮忙订两张票。老于自己共有兄弟姐妹六个，老于排在第三，于大春是老二的独子，刚从大学毕业，老二在这个小县城里当了个小官，于是想办法帮于大春安排了工作，日子甭管过得咋样，好歹儿子在身边有个照应。丫头执意要和女婿家傅远走珠海打拼后，因为老李家在身边的亲戚少，老两口有啥事都是找老于娘家人帮忙。

那边大春去订票，这边老李便和老于收拾出行衣物、洗漱用具等，等这边收拾好一个大旅行包，大春的电话也过来了：下午两点的高铁到广州，然后转去珠海的动车。

从县城赶到火车站至少要一个小时，老两口午饭也顾不得吃，便打了辆车直奔火车站。到火车站后，两人见还有点时间，在火车站旁边的小餐馆里匆忙吃了份快餐充饥。

老李一路上都是手捂着腰，眉头紧蹙，老于看在眼里，心里担心老李

的身体，但又不敢跟老李说。老李是个倔脾气，认定了的事十头牛也拉不回来。

老于想起了两人刚开始谈恋爱的时候，于家人上上下下都持反对态度，怕她嫁到老李家受委屈。当时老于父母苦口婆心地劝导女儿：老李父母是双职工，家境好，又只有老李一根独苗，老李即使不是纨绔子弟，也必然是家里的宝贝疙瘩，嫁过去还不得在李家做用人了。原因听起来有些好笑，但也不无道理，老于当时虽然和老李很是谈得来，但还是有些动摇了。老李见她对自己有点冷淡，便天天往她家跑，当时老李家境好，每次来都是赔着笑脸送这送那的，搞得老于家里人都没脾气了，只好由着他俩了。

老于嫁给老李后，老李父母便找关系将她从教师岗位调到了一家事业单位。家境富裕，又都有体面的工作，这下娘家人也觉得脸上有光了，便接受了老李这个女婿。

两人结婚不到一年，丫头便出生了，家里四个大人一个小孩，自然宠得跟宝贝似的，因此丫头从小就娇生惯养，没受过半点委屈，直到大学毕业后嫁给了同班同学陈家傅。

陈家傅是安徽人，老李家是江西人，俩孩子一年前毕业后，不顾双方家人反对，一起赴珠海打工。丫头一开始不习惯珠海的生活，天天打电话回家，孩子是父母的心头肉哇，老李两口子心疼女儿，便劝他们一起回来。老李答应他们会想办法找关系给两人找个稳定的工作，但陈家傅死活不同意，老李知道他是不想当上门女婿，而女儿又被爱情冲昏了头脑，什么都听陈家傅的，老李是半点办法也没有。

三个月前，丫头说她怀孕了，老两口欣喜若狂，每天一个电话嘘寒问暖。开始的时候丫头还在电话里有说有笑的，但到后来声音里便明显有了些不耐烦，老李便想也许是丫头怀了孩子，才长脾气了，于是嘱咐老于以后少给女儿打电话，说接听电话有辐射，对丫头肚子里的孩子不好。到这个月，两人忍了一个星期，没给丫头打电话，这倒好，那边一个电话打过来，却是小两口出状况了。

老于正想着的时候，广播里说到广州的高铁马上就要进站了。老李想提着行李箱去排队，提了几下没提动，老于赶忙上前将行李箱拉杠抽出来，一只手拉着行李箱，另一只手搀扶着老李，两人排在队伍后头。

上了列车找到座位后，老于提不动行李箱，好在旁边一个热心的年轻人主动帮他们把行李箱放到了行李架上。

安坐后，老李突然问："老于你带药了没有？"

"哎呀，走得匆忙，我忘记带了。"老李一问，老于才记起自己忘记带降血压的药了。老于有高血压已经好几年了，每天都要吃药，但她记性不好，总是要老李提醒。

"是不是打个电话给丫头，要她在珠海那边先帮你买好？"老李征询老于的意见。

老于想了想，说："还是算了吧，丫头现在情绪不稳定，我们还是先到她那，搞清楚情况后再说吧，反正一天两天不吃药应该没什么大碍。"

老李轻轻地点了点头，说："得坐三四个小时呢，咱们都休息一会儿吧。"

老于没作声，闭着眼睛，一会儿便传来了轻微而均匀的鼾声。老李睡不着，头脑里乱得很，他胡乱地猜想着女儿那边的情况。但愿小两口不要闹矛盾才好，经不起折腾啊，老李在心里感叹。

到了广州，已经是傍晚时分了，两人却顾不上吃晚饭，直接转上了去珠海的动车，然后在动车上吃了点随身带来的零食对付。

珠海老李曾经去过两三次，每次都是出差，来得匆忙也走得匆忙，从没有认真欣赏过珠海的景色。后来退休了，整天和一帮老朋友泡在一起，喝茶打麻将，日子似乎也过得舒心，便没有出去走走的心思了。老于没什么爱好，也没什么朋友，退休后就窝在家里，做饭搞卫生，偶尔觉得无聊了就去娘家走走。

老李转过头看了看老于，也许是有点累，老于正闭着眼睛靠在老李肩

头，满头银发散落在老李眼前。人老了最怕的是孤独，老伴老伴，就是老了一起做伴的，可老李觉得自己有点自私了，自从女儿离开家后，每天只顾自己快活，从来没有想过老于的日子有多孤独，想到这里，老李的眼眶有些湿润。

窗外已是繁星点点，夜色很美，璀璨的灯光不时闪过，老李望着窗外的夜景闷声不语，一个人静静地想着心事。

到了珠海火车站后，老李便打陈家傅的电话，说二人已经在珠海火车站了，要他来接一下，陈家傅一听，话语里满是意外和惊讶。二十分钟左右，老李便看到陈家傅从一辆崭新的小轿车里探出了头。在珠海这样的城市，没有自己的车不行，小两口买车的时候，没什么积蓄，当时老李还支持了五万块钱呢。

陈家傅帮着把行李放到后备厢，车子便呼啸着向前奔。陈家傅边开车边打电话："小冰，你在家吗？我告诉你一个好消息，你想听吗？"

陈家傅的语气里满是兴奋，老李望了一眼老于，正好老于也望着老李，两人心里其实一样疑惑：听陈家傅打电话的语气，两口子不像是闹了矛盾哪？

车子在一栋高楼前停了下来，陈家傅将行李提下来，便去找停车位。老于一手拉着行李箱，一手搀扶着老李，小声说："老头子，情况不对呀，这小两口唱的是哪一出戏呀。"

老李呵呵一笑："难道你还希望他们有事？"

"我——我不是这意思，他们好好的，咱们当然高兴啦。"老于没听出老李说的是玩笑话，急着解释。

这时陈家傅走了过来，从老于手里接过行李箱，说："咱们上去吧，小冰在家里等着呢。"于是一行三人走进了电梯。

电梯到十八层停住，陈家傅刚掏出钥匙，门却打开了，丫头一下子从屋里扑了过来，满脸灿烂的笑容："爸、妈，女儿想死你们啦。"

老李两口子一看丫头好好的，心里一块石头落了地，三个人笑呵呵地搂在一起，嘘寒问暖地说个不停，倒是陈家傅站在旁边有些尴尬，只好说：“还是进屋再说吧。”老李才发觉自己有点失态了，忙说：“进去说，进去说。”

老李在屋内左看看，右瞧瞧，这套租来的房子两室一厅，不到一百平方米，收拾得倒像个家的样子，心里感到很欣慰：丫头真的长大了！

老于和女儿边看电视边聊天，丫头不停地拿东西给老于吃，陈家傅则去帮着老李收拾带来的东西，给他们烧水洗澡。老李因为闪了腰，动作有点慢，家傅以为他累了，便让他休息，自己一个人不停忙活。

老李在女儿身边坐下，丫头笑嘻嘻地靠过来，冷不防在老李脸上亲了一口：“爸，想死我了。”

老李本能地往后一缩，陡然觉得腰间一阵剧痛，“哎哟！”他哼了一声，双手捂着腰。

“爸，你怎么啦？”丫头一惊，忙问。

“没什么，没什么，人老啦，不中用啦——你都快当妈妈了，爸爸高兴呢。”老李赶紧掩饰。

“爸，你也快要做外公了呀，小宝宝现在就会动了呢。”丫头满脸的骄傲。

“丫头，有了孩子，家才算完整，你可要注意自己的身体哟。”老李话里有话。

“放心吧，爸，我再也不是孩子了，自从跟着家傅到珠海后，我学到了很多东西，也懂得了好多道理，我们有宏伟的计划，我们要在珠海站住脚，要在这里买房落户。”丫头认真地说，“等我们在珠海站住了脚，就把你们和家傅的父母都接过来，咱们一家人住在一起！”

老李的鼻子有些酸酸的，从小到大都宠着女儿，看来没白疼，丫头从小到大都是没心没肺的，现在倒是懂事了，有孝心了。

这时陈家傅走了过来，对老李说：“爸，你先去洗个澡吧，你和妈一路上辛苦了。”

“家傅，你可要好好对小冰哟，小冰跟着你不容易呢。”老李答非所问地说。

“爸，我知道，我一直把小冰当作我的公主呢。”陈家傅笑道。

“就你贫嘴。”丫头朝陈家傅做了个鬼脸。

“是吗？没欺负小冰？”老李幽幽地问。

“哪里呀，”家傅一听，知道是怎么回事了，他一脸委屈，“昨天我因为公司有一单业务谈得晚了点，老板便要我陪客户一起吃个晚饭，我忘了打个电话给小冰。小冰因为怀孕了，公司给她安排的工作相对轻松自由些，她在家做好了饭等我，等着急了，就打我的电话——我跟她解释了的，她不会还在生我的气吧。”

“是这样吗，丫头？”老李转过头去问女儿。

“是这样的，昨天晚上打了几个电话他都不接，回家后又不闻不问直接睡倒，今天早上连招呼也不打就走了，我起来看着一桌子剩饭剩菜，当然生气啦。”丫头嘟着嘴说。

“因为下班陪客户嘛，所以手机开了静音，小冰怀孕后，我一直叮嘱小冰少打电话，所以也没在意她是不是打了电话给我。后来我喝得晕晕乎乎的，回家后看到小冰已经睡了，也就直接睡了。今天早上约了客户见面，起床的时候也没有打扰她。”陈家傅小声嘀咕。

“好啦，好啦，搞得气氛这么紧张——小冰怀孕了，脾气会比平时要大些，家傅哇，你可要好好体谅她才是，女人怀孩子不容易呀。再说，你忙工作也要注意身体，身体是革命的本钱。”老李乐呵呵地说。

“爸，小冰就要生宝宝了，我只是想跑点客户，多赚点钱，以后让小冰和孩子过上好点的生活，我没有别的意思。”陈家傅还是怕老李误解。

“男人应该有担当，有担当是好事，小冰也会体谅你的，只要你们小两口好，便什么都好啦。”老李揉了揉腰，转过身又对丫头说，“丫头，两个人在一起，就要互敬互爱，相互信任，相互扶助，才会过得幸福。”

“爸，你就别给我上政治课了，你们一个星期都没给我打电话，家傅也忙得没时间陪我，我一个人待在家里，都快闷死了。”丫头满脸的不乐意。

原来是这样！老李望了望老于，却见老于正用眼神提示他，让他不要作声。

这时陈家傅忙说：“爸，你先去洗澡吧。”

等老李洗完澡出来，丫头已经去睡觉了，陈家傅一个人在客厅里看电视，直到安顿好两位老人休息后才回房。

老李躺在床上对老于说：“丫头没事，也许就是想咱们了，家傅也挺好的。明天我们就回去吧，别给俩孩子添麻烦了。”

老于“嗯”了一声，算是答应了。老李知道老婆子有些不舍，自己心里也不是滋味，但又有什么办法呢。

两人背靠背躺着，老李望着窗外，虽然夜深了，窗外却依然还有车来车往，老李望着窗外点点灯光，望了好久，灯光才在眼前慢慢模糊。

第二天老李和老于都起得早，老于洗漱完毕后便在厨房忙活开了，丫头的口味她最清楚不过了，老李则在客厅里试着打起了太极，感觉腰部还是不能受力。

陈家傅先起来，看见老于在厨房忙，他便去帮忙，老于顺便告诉他丫头喜欢吃什么，什么口味，教得极仔细。

待丫头起来后，早餐已经摆在桌上了，一家人围着吃了起来。老李说：“家傅，你上班忙吗？”

陈家傅边吃边说：“还可以吧，怎么啦？”

“我和你妈想今天回去，如果你抽得出时间，就送我们到火车站。”

“什么，昨天晚上刚来，今天早上就要走？”陈家傅嘴里的东西还没咽下，张着嘴，抬头望着老李，又望望丫头。

“爸，你搞什么名堂啊？”丫头也不解地望着老李，以为他在开玩笑。

“我和你妈住惯了小县城，住不惯大城市，你妈又有高血压，还是住

在老家心里更安稳些。”

“妈，你的血压不是已经控制住没事了吗？”丫头说，“妈，你跟我爸在这里多住几天，我们公司老板挺好的，知道我怀孕了，对我很关心，我上班很自由的，我可以每天在家给你们做好吃的，我们还可以一起聊天，我还可以带你们去看海，去看渔女，去海岛上散步打太极——”

丫头的话还没说完，老于的眼泪便流了下来：“丫头，你只要照顾好自己，我们就放心了，妈谢谢你的好心，我和你爸还是回去好了，我们已经习惯那个小县城了。”

四个人便都不作声了。

吃完早点，老于收拾行李，陈家傅帮着订好了火车票。临出门前，丫头一直拉着老于的手不放，陈家傅看看时间不早了，才催促他们动身。四个人坐在车子里，直奔火车站，送二老到火车站后，陈家傅将车钥匙交到丫头手里，让丫头送父母上车，自己打车赶去公司上班。站在长长的等待检票的队伍里，老于拉住丫头的手，左叮咛右嘱咐，害得老李站在旁边光搓手，插不上一句话。

列车就要进站了，老于一手拉着行李箱，一手扶着老李，老李则一手扶着老于，另一手捂着腰，两人随着人流朝检票口移去。

过了检票口，老两口同时回头望去，只见丫头还站在检票队伍的后面，满脸泪水地朝他们挥手……

与爱情无关

夜幕降临的时候，他走出了单位的大门，门外已是华灯初上。他揉了揉疲惫的双眼，一脚踏入车与人的洪流，朝家的方向走去。

街道两旁的商店都装饰着圣诞树，他猛然想起今天是圣诞节。他抬起头，发现今天的人群中多了一对对的情侣，不觉哑然失笑，正应了朱自清的那句话：热闹是他们的，我什么也没有。

他和妻子是大学同学，是令人羡慕的一对。毕业后为了能在一起，两人留在这座城市打拼。找工作，结婚，生孩子，买房，他们从来就没清闲过。两人都一心扑在工作上，虽然事业上有了起色，却常常为一点琐事争吵不休，弄得两人都疲惫不堪。有好几次，“离婚”两个字都到了嘴边，他又想到妻子以前种种的好，硬是咽了回去。但他知道，离婚是迟早的事，只是不想自己先说出来而已。

家离单位不远，走路也只需十多分钟，所以他上班一般不开车，工作了一天，走回去权当是散步。他沿着街道往前走，打算顺便找个地方解决晚饭。自从上次和妻子大吵一场后，妻子带着孩子回娘家了，算来差不多有一个月了。看着街头一对对情侣，大大方方地牵着手从自己身边走过，不知为什么，他的心中涌起一阵莫名其妙的酸楚：几年前，他们不也是这样幸福的一对吗？

前面是一家茶餐厅，店门两边放着两棵大圣诞树，树上缠绕着灯丝，在夜色的映衬下显得格外艳丽。这家茶餐厅是他以前和妻子经常来的地方，两人工作晚了累了，顾不上做饭，就会来这里解决晚饭。但自从妻子回娘家后，他便有意回避这家餐厅。但今天，他又不由自主地跨进了这扇门，挑了一个角落的位子坐了下来。他抬眼望望四周，发现除了自己，全都是一对对的情侣，都在一边吃着东西，一边说着悄悄话，这让他感觉有点难为情，他把头低下，眼睛望着桌上的餐盘。

他埋头吃着东西，冷不丁旁边响起一个声音："先生，买一束花吧，送给你的爱人。"他一愣，抬头一看，是一位漂亮的小姑娘，一双大眼睛正望着自己。一时间，他显得有点慌乱，不知怎么应对。小姑娘看他没说话，又开始推销："先生，今天是圣诞节，买了花送给爱人，爱人会平安幸福的。"

他环顾四周，几乎每个女孩面前都有一束花。他想，看来今天是非买不可了，就算圣诞节送给自己的礼物吧。他仔细地挑了一束，这束花和他第一次送给妻子的一样。

这个时候，他想妻子了，一个月的时间没有和妻子联系，不知道她怎么样了。她虽是一个要强的女人，但也有柔弱的一面。记得有一次，妻子在厨房做饭，他在喂鱼缸里的金鱼，突然传来妻子的一声尖叫，吓得他将鱼食撒了一地。他飞快地跑过去，发现原来是一只蟑螂从橱柜里跑了出来，他赶忙上前一脚踩死蟑螂。事后他还拿这事取乐，说她这么要强的人居然怕蟑螂……想到这，他的鼻子有些酸酸的，眼睛不由自主地潮湿了，他知道他还是爱妻子的，他不能没有她。这么多年了，妻子其实比自己更不容易。他想好了，明天就去把妻子和孩子接回来，一个完整的家比什么都重要。

走出餐厅，外面的街灯都亮了，整个城市流光溢彩。他一手捧着花，一手拿钥匙打开门，眼前的一幕令他惊呆了：家里布置得像个圣诞花园，餐桌上摆了满满一桌菜，在两支蜡烛的照耀下熠熠生辉，妻子和孩子正微笑地望着他。

他走过去，妻子和孩子也站起来迎向他，三个人紧紧地抱在一起。妻子接过他手中的花，在他耳边轻声说："谢谢你的花。"

这一刻，他再也控制不住自己，伏在妻子的肩上，像个孩子似的大哭起来。

同学聚会

陈水生刚从办公室出来，正准备回家，手机响了，掏出手机一看，电话是同学吴双打来的。

“陈局长在哪儿？”吴双声音有些急促。

陈水生钻进车里，边发动车子边慢条斯理地回答：“还能去哪儿，下班归庙。”

“每天回去陪着老婆有啥意思，今天简局长请客，一起吃晚饭。”吴双和陈水生走得近，说话有点无所顾忌。

“请客？这么晚才通知，请的哪门子客？”陈水生有些纳闷。简从容是他们的同学，以前读书的时候和陈水生还是同桌，只是毕业后进了不同的大学，参加工作了又在不同的单位，两人联系得并不多。

“明天李欢就要走了，简从容也是今天下午才知道的，所以想请几个同学聚一聚，也算是为她送送行。”吴双说。

原来如此！李欢在读书的时候就是个大美女，是他们班的班花，高中毕业后没考上大学，出去打工了，听说在外面嫁了个大老板。有些年头没见着她了，不知道美女有了钱后又会变成啥样子。陈水生的脑海里一下子浮现出了李欢的俊俏模样，本来不太想参加的聚会，一听是为李欢践行，马上有了兴趣。

“好吧，我就过来，地点在哪里？”他装出一副无可奈何的语气说。

“你小子几根花花肠子我还是清楚的，要是不提李欢我还得多费些唾沫星子——聚福楼205，马上上菜了。”吴双那边笑他中了套路。

陈水生不再吭声，挂了电话，一踩油门，“呼”的一声，车子朝聚福楼驶去。

太阳慢慢向西沉去，陈水生看着从车边晃过的人群和车辆，心里便感叹时光是把杀猪刀，高中时的景象还历历在目，仿佛一眨眼工夫，眼见着自己就四十好几了。

聚福楼离单位并不远，几分钟就到了，陈水生找好车位停好车，远远地就看见简从容站在店门口张望。他摇了摇头：简从容还是那么随意，好歹也是个局长，哪有他这么站在高档饭店门口等人的！想归想，他还是赶忙走上前去，一只手握住简从容的手，另一只手搭在他的肩膀上，笑眯眯地说：“简局长，好久不见，越活越精神哪。”

简从容一眼瞧见陈水生，也满脸堆笑地拍了拍陈水生的肩膀，然后又上下打量一番：“哪能和你陈局长比呀，读书的时候是少女杀手，现在还是老样子，人哪，不能跟人比——快请楼上坐，吴双他们已经到了，他可是不停地念叨你哟。”

陈水生打了两个哈哈，便往楼上去。

刚上到二楼，便看到吴双从205包厢出来了。吴双抬眼看见了陈水生，便迎了过来：“哟，说曹操，曹操就到。陈局长，咱们可真是心有灵犀呀，我刚才还在念叨你怎么还没到，打算出来给你打电话，你就来了。”

陈水生拉了拉吴双的衣角：“哪有你这么吹牛拍马的，同学聚会，别口无遮拦。”

“知道，现在不就咱俩嘛，再说我可没拍你马屁，我说的都是事实。”吴双并不恼，仍笑嘻嘻地说。

两人边聊边走进包厢，包厢里的几个同学都站了起来：“陈局长好！”

陈水生一边答应着一边上前和同学们一一握手寒暄，除了李欢，其他人都有意无意一年能打上几次照面，所以都能一眼就认出来。

选定位置坐好后，尚刚便掏出烟来敬，陈水生摆了摆手，表示自己不抽烟，尚刚便笑了起来："领导就是领导，生活习惯一直都保持得这么好，不比我们平头百姓，贱命一条，多活几年少活几年无所谓。"

尚刚读书的时候最调皮了，嘴特别毒，常常几句话能把人噎死，不知有多少女同学被他噎得掉眼泪。他父亲曾经是财政局的副局长，毕业后他便在财政局谋了个司机的差。

曾成敏一看气氛有点尴尬，忙笑说："保重身体也是好事，身体是革命的本钱嘛，没有好身体怎么做好工作！"

曾成敏读书的时候并不出众，没考上大学就去了部队，退伍后分到乡镇工作，去年提的副镇长，大家都叫他"曾镇"。经过基层历练的，张口果然不同！陈水生想。

坐在曾成敏旁边的吴双也附和："就是，同学难得在一起聚聚，不讲别的，只讲高兴的。我就想听某某发财某某升官的消息，有朝一日我混不下去了，也可以到混得好的同学那蹭碗饭吃。"

吴双的话刚说完，包厢的门开了，探进来两张姣好的面容。

陈水生忙起身迎了上去："两位美女，好久不见哪。"说完后一脸激动地两只手分别握着两位女同学的手，其他人也围了过来，气氛一下子热闹起来。

杜清看见众人围了过来，忙向身后跟进来的简从容嚷道："护驾！护驾！"

杜清是李欢的闺密，李欢在外面闯荡的这些年，两人一直都保持着紧密的联系。杜清自己开了家服装店，听说刚开始时资金困难，李欢帮着投了不少钱，后来慢慢才做顺了，去年干脆花一百多万把自己租的两间店面给买了下来，因此不少同学都直接叫她"富婆"。

简从容听杜清这么说，便上前对大家说："都坐下吧，难得见一回李欢，大家别吓着她了。"

“咱们可是她的忠实粉丝呢，怎么会吓着她呀，想不到当年的班花现在越来越漂亮了。”吴双笑了起来。

众人都附和，李欢便显得有点不好意思：“别吹了，再吹我就上天了。”

这时服务员进来，开始上菜了。

简从容轻声念叨了一句：“黄保清怎么还没到？”

曾成敏便掏出手机，道：“等我打电话给他，这小子办了个厂，常常看不到人影，也不知道他成天忙些什么。”

话音未落，手机里便传来了黄保清的声音：“就到了，就到了，在楼下停车。”

“要说李欢的粉丝，黄保清可算是头号了。”简从容说。

当年读高中的时候，黄保清暗恋李欢，偷偷写情书表白的事，一直都被同学们传为笑谈。

正说着，包厢门开了，黄保清笑眯眯地进来了。

大家都站起来和他打招呼。

曾成敏将李欢旁边的位子让出来，开玩笑道：“黄保长，这边请。”

黄保清也不客气，直接坐了上去，对着旁边的李欢“嘿嘿嘿嘿”地傻笑。

吴双走过去将他面前的碗端起来，放到他嘴巴下：“快看，快看，涎水流碗里了！”

众人大笑，笑得李欢都有些不好意思了。

笑完后，简从容将桌上的杯子排成两排，然后对众人说：“喝白的还是喝红的？”

陈水生摆摆手，对简从容说：“现在管得严，还是别喝了吧。”

“不喝点酒没气氛，李欢明天就要走了，咱不能扒两碗饭就各回各家吧——男同志喝点白的，控制一瓶的量；女同志就喝红的，同样控制一瓶的量。”简从容说话表面听起来轻声细语，话里却透着不容商量的语气。

曾成敏看了看众人，表态道：“听简局的。”说完也不等众人答应，伸手拿起一瓶白酒按顺序往杯子里倒；倒完白酒后，又拿出一瓶红酒，倒了两杯推到李欢和杜清面前。

两个女人想要推辞，可哪里推辞得了。

陈水生边看边笑：“记得读书的时候杜清可是喝过白的，那次应该是在吴双家里吧。”

“我记得，那次吴双为了追到杜清，可是下了血本哟。”黄保清想起当年的情景，禁不住大笑起来。

杜清的脸一下子红了：“保长你最坏了，尽出些馊主意，那次我和李欢都醉得吐了，脸丢大了，你们倒好，还在旁边幸灾乐祸。”

尚刚大叫：“杜清你那次喝醉了，我当时都听见你叫吴双他爸‘爸爸’了。”

尚刚高中时开这玩笑，都让杜清哭过几回，现在又提。

吴双忙打趣道：“杜清，那时候我追你追得那么猛，可你就宁愿喝酒也不愿意理我，想想真是悲哀呀。来来来，咱们现在继续喝，说不定缘分还在呢。”

“去你的，吴双，你那点小心思谁不知道，你就别拿出来丢人现眼了吧，追我是假，眼睛瞄着李欢才是真吧！”杜清也不客气地揭吴双的老底，“我跟李欢是闺密，可占了不少便宜，今天有人送吃的，明天有人送玩的。你们哪，都是些臭男人，没一个好东西。”

杜清这么一说，气氛顿时有些尴尬，曾成敏打趣道：“那个时候都是情窦初开，男生喜欢漂亮女生属正常现象。”他转过头来又问李欢：“李美女，你要认同我的话，咱喝一口？”

李欢抬起头笑了笑，露出两个好看的小酒窝：“大家说的都有道理，可惜那个时候不懂，只知道害怕，不然真不知道现在成了在座哪位的老婆了。”李欢的声音很悦耳，话又说到男人们心里去了。

尚刚答话道：“那时候李大小姐眼睛望着天上，哪会看得上咱们这些小市民哪。”

吴双怕尚刚又说出什么难听的话，忙接话说：“人家个子高，当然望天上了。李欢，在外面几年，你好像又长高了。”

众人的目光齐刷刷地望向李欢，李欢笑道：“别这么看着我，我这些年都横向发展了，身高没有变，体重却增加了十多斤，不过借你吉言，我敬你！”

“原来你瘦点，看上去显清纯；现在丰满点，更显出贵妇气质。”陈水生笑嘻嘻地夸赞起来。

“陈局长你就别老是笑话我了好吧，想我敬你酒就直说。”李欢端着杯子在嘴边轻抿了一口。

“哪里是笑话你呀，读书的时候，你像个村姑，很害羞的，现在倒是处处表现得落落大方了。”陈水生也轻抿了一口，眼睛却盯着李欢：现在的李欢，不但比以前更有女人味，而且谈吐举止也绝不是高中时期那个李欢了。

简从容将杯子举起来，说：“咱们别把矛头都指向美女同学——我敬大家，感谢各位光临！”说完便小啜了一口，众人也啜了一口。

陈水生端着杯子走到李欢身边，说道：“李欢美女，以后回来了可得通知我一声哟——来，咱们深饮一口。”

李欢也站起来，端起杯子喝了一口：“谢谢，每次回来都很匆忙，所以也就没敢打扰同学们，以后如果回家时间充裕一点，一定请大家一起到家里聚聚。”

此时尚刚觍着脸凑过来：“李少妇，今年我想到你那玩玩，有什么节目安排不？”

曾成敏有意打断尚刚，坏笑道：“你想玩什么节目？看你的样子就没想好事？”

李欢对尚刚笑了笑：“只要大家有时间来深圳，食宿玩我全包了，想玩什么都可以。”

尚刚一听，忍不住欢呼了一声："李总，这可是你说的，说到做到呦！"说完一脸坏笑地望着李欢。

简从容见状，忙端着杯子走到李欢身边，对着尚刚骂了起来："瞧你这点出息，这么多年了，素质始终有待提高——来，来，来，我们敬一敬远方回来的同学。"说完举杯对着李欢，大家齐声响应。

曾成敏望了望杜清，接着说："我们男同志敬一敬女同志吧，别等着她们先举杯，那咱们的脸就丢大了。"

于是大家又举起了杯子。

杜清啜了一口红酒，说："这里的同学要么当官，要么有钱，只有我是一名小女子，我敬大家，向大家学习，也希望大家有机会关照一下我的生意。"

杜清这样说，吴双便不同意："富婆你说这话就见外了，在一起都是同学，说到钱，在座的加起来，看有没有李欢的零头；说到当官，简局正科，陈局和曾镇都是副科，黄保长是企业家，你好歹在县城立住了脚，有房子、有门店、有自己的生意，咱算什么，咱就一种田老表！"

"唉，唉，这一比，我可什么都不是了，以前我老子好歹是财政局副局长，到我呢，一司机，编制都没有的临时工，是不是看着我家一代不如一代，你们心里舒坦哪。你们可不要相互吹捧了，再吹我可受不了了。"尚刚大着嗓门嚷。

尚刚这么一说，酒桌上的气氛一下子又低了下来，大家不约而同地夹菜吃。

陈水生吃完一口菜，笑道："职业没有高低贵贱，只有分工不同。吴双你是村主任，村上可是三四千人归你管，我看你的责任不比在座的任何人小；尚刚，领导的生死都掌管在你手里呢，你重要不重要？这开车可是技术活，现在挑个好司机不知道有多难，你可别带着坏情绪给领导开车哟。"

陈水生的话音一落，吴双举着酒杯对陈水生说："陈局你这话我爱听，咱是一‘村官’咱骄傲，虽然村上的工作难做，但有乡亲的支持，有同学们的帮助，我感觉还是很有成就感的。陈局我要敬你，感谢你给我的关照，这杯酒我喝了，你随意！”说完一仰脖子把半杯酒喝光了。

陈水生端着酒杯说：“同学之间就别说生分的话，关照谈不上，力所能及的事，我相信谁都会做。”说完也一口喝光了杯中的酒。

曾成敏一看这情形，心里明白了几分，对吴双说笑：“吴双，你这是借简局的酒攀私情不是？”

简从容摆摆手，对吴双说：“吴双说得对，有两种人虽然没有血缘关系，但是胜似血缘关系：一是一起扛过枪的；二是一起同过窗的。咱们同学在一起，就是要互通信息，相互帮助，共同努力，同学感情啥时候都不能忘！”

“简局这话不假。说实话，去年我提副镇长，简局帮了我不少忙，今天我借花献佛，大恩不言谢，简局，我干了，你随意。”吴双说完一仰头干了。简从容笑着摇了摇头，也只得一口干了杯中的酒。

“做生意的总是需要父母官的关照，要不这杯酒我敬几位政府领导。”黄保清帮大家斟满酒后，也端起了杯子。

“什么话！”陈水生说，“应该是我们敬你，没有你们纳税人纳税，我们喝西北风啊。”

“好，好，好，说不过你，咱们统一标准——男人喝酒吧。”黄保清退却了，于是几个男人都端起了杯子。

尚刚不知道自己属于哪类人，于是放下杯子上前去给大家添酒，转眼一瓶白酒就见底了。

杜清望了望李欢，说：“李欢，到时候你把公司办到家乡来，看他们怎么把你当观音菩萨敬着。”

李欢点了点头：“真有这个可能。现在在外面办厂，招工难，压力太大了；回家投资，有人缘关系，有各种优惠政策，不失为一种好选择。”

黄保清笑说：“要不，咱们把厂办在一起，共同致富？”

吴双打趣道："保长你是只想美人归哟。"

尚刚也叫了起来："你要回来办厂，我给你当司机兼保镖，工资只要一份。"

陈水生笑着说："只怕到时你倒成了最大的安全隐患吧，李欢坐在你身边，你还有心思开车？"

几个人你一句我一句的调侃，说得李欢有些不好意思了。

这时吴双举着酒杯来到尚刚身边，说："尚刚，咱们读高中当过同桌，还打过架呢，打过后有几个星期都相互不理睬，记得不？"

"当然记得，你小子写情书叫我送，我替你当着全班人的面给表白了，你小子把我的手都给打折了，够狠！"事情虽然已经过去很多年了，吴双现在提起，尚刚心里还有些恨恨的。

"我们喝了这杯酒吧，喝了就不记得那些事了。"吴双说完一口把杯子中的酒喝了，还将杯子倒过来让大家看，"我是很有诚意的。"

尚刚见大家都望着他，轻声嘀咕道："你小子有诚意，我也不是这么小气的人！"说完也一口干了杯中的酒。

大家看到两人了结了高中时的过节，都鼓起掌来。

鼓完掌后，简从容抬手看了看表，说："恩也好，仇也罢，把心放宽了便什么都不重要了。天下没有不散的筵席，明天李欢要回深圳，也应该回家早点休息，咱们明天也各有各的事，今天就到此为止吧，大家说怎么样？"

东道主都这样说了，大家只有点头，于是都把杯中的酒喝光。陈水生盛了一碗饭，边吃边说："今天酒足饭饱，感谢简局盛情招待，更重要的是好多年没见到李欢了，所以今天特别高兴，等会儿如果大家有兴趣，我请客，咱们再去喝喝茶聊聊天。"

李欢看了看表，委婉地说："算了吧，今天看到这么多同学，心里挺高兴的，谢谢大家啦。"

陈水生望了望简从容，都是四十多岁的人，简从容就是显得比其他人更年轻，更有朝气。简从容高中时候就很优秀，走到今天他依然那么从容自信。不知道为什么，陈水生突然感觉自己心里酸溜溜的。

吃完饭，他有些悻悻地随着众人走下楼。陈水生刚想邀请李欢上自己的车，却被曾成敏抢在前头，曾成敏拉过李欢的手，说："用简局的车送送你们吧。"

李欢望了望从车里探出头来的简从容，说："不用了，今天麻烦了，简局你早点回去休息吧，我们坐黄保清的车子就是。"

简从容点了点头。

尚刚走到简从容车子旁边打了个招呼，自个儿走了。然后曾成敏钻进简从容的车子，也呼啸而去。

李欢和杜清上了黄保清的车子，李欢将窗玻璃摇下来，对着陈水生笑了笑，说："陈局长有时间到深圳来玩。"话还没说完，黄保清的车子便"哧"的一声向前冲去，最后那个"玩"字被甩出了几米远。

陈水生的笑容顿时僵在风里。吴双搓了搓手，问道："陈局，咱们是不是泡泡脚再回去？"

"走，咱们泡脚去！"陈水生话里有点愤愤。

吴双跳上车，将车门"砰"的一声关上，车子"哧"的一声，载着二人向足浴中心驶去。

洗洗睡吧

宋大祖从床上爬了起来，径直走出房间。

“干吗？”兰花睡得迷迷糊糊，声音含混。

“撒尿！”宋大祖说。不一会儿，就听到隔壁尿桶里传来很响的声音。

宋大祖撒完尿，却也没了睡意，他打开大门，搬了把椅子，一个人坐在自家阶沿上，掏出烟抽了起来。

入秋了，虽然连着几个大晴天，但空气里还是透着凉爽。宋大祖光着上身，微风吹过汗毛，感觉痒痒的，像许多毛毛虫在身上爬。

月色皎洁，天空显得很高很空旷，风吹过房前的几棵大树，沙沙作响。抽完烟，宋大祖站起身，感觉肚子有点饿了，于是又转身来到厨房，端出晚上吃剩的肉辣椒碗，用手挑里面的肉末吃。

这时候婆娘兰花也起来了，披着一件半旧睡衣来到宋大祖身边。宋大祖一抬头，隐约看见兰花雪白的奶子在睡衣里晃动。宋大祖便停止找肉，眼睛盯着兰花看起来。兰花不知道宋大祖正盯着自己，又自顾自地走进厨房隔壁的厕所小解，她坐在便桶上，睡衣半开，那对奶子像一对可爱的白兔，随着兰花的身体晃动，勾得宋大祖浑身燥热。

宋大祖放下碗，洗了手，待兰花小解出来洗手的时候，他从后面一下子抱住兰花。兰花突然被宋大祖抱住，吓了一跳，转过头看到宋大祖一副嬉皮笑脸的样子，便知道他什么意思，骂了起来："死鬼，你还是留点力气白天干活吧。"

宋大祖不顾兰花挣扎，抱着兰花的腰从后面把嘴凑到兰花耳根子边上咬，粗重的呼吸吐在兰花的脖子上，痒得她"咯咯"地笑了起来。

宋大祖见兰花开始配合自己了，便将手往上挪，抓住兰花的两只大奶子揉了起来。

"死鬼，痛啊，轻点！"兰花一边骂，一边闭上眼睛，鼻子里的呼吸越来越急促起来了。

很远的地方，传来了几声狗叫声。厨房里亮着灯光，厨房角落鸡笼里的公鸡以为天亮了，也开始啼叫起来。母鸡们被吵醒了，也从鸡笼里不慌不忙地走了出来，在两人旁边若无其事地啄食着什么。宋大祖将兰花抵在墙上，一只手撑着墙，另一只手急急地脱自己的裤子。

"大祖，儿子昨天打电话来，说他这个月伙食费快用完了，明天得打几百元过去。"兰花转过身说。

宋大祖的儿子去年考上的高中，每年费用得上万元，宋大祖听了，说："我身上也就三百了，明天你打他卡上去。"

兰花"嗯"了一声，挣脱宋大祖，朝卧房走去。

"就在这里吧，找点新鲜的，别每天都是在床上。"宋大祖一边拽住婆娘，一边说。

"大祖你发什么神经，这里可是厨房，这么脏的事情怎么能在厨房里做。"兰花一听，骂了起来。

"这个月十四你三姐大儿子结婚，你要记得去帮忙啊，然后问问你兄弟随多少钱。"兰花整理了一下自己的衣服。

"知道，去年大哥儿子结婚，随了六百，今年应该一样吧。你身上还有多少钱？"宋大祖心不在焉地问。

"我身上哪还有钱？我家二弟新开了个电器店，昨天从他那买了个几百元的热水器——秋天来了，洗热水澡方便点。今天和你二姐去逛街，给你和儿子买了两件冬衣，早点买，便宜些。你二姐第一次带着孙子到咱家里来，我打发了一百给人家。”兰花说完叹了口气，脸上的兴奋表情瞬间荡然无存了，“你别以为你那点钱放我这里，我乱用了呀。”

“我可没说。咱不管了，做咱们的事。”宋大祖见兰花叹气，生怕失了兴致，赶紧把兰花拉进卧房，急急地先把自己脱了个精光。

“你在李胖子那的工钱还有多少？”兰花对眼前赤条条的男人视而不见，继续问。

“我还没和李胖子对账，我估摸着也就三千左右吧。”宋大祖一边说，一边帮兰花脱去睡衣。

李胖子是个搞建筑的小工头，宋大祖跟着李胖子做小工有两三年了，李胖子脾气火暴，动不动将手下工人骂得狗血淋头，但他从来不克扣手下人的工钱，信誉不错。

“这钱咱不能动，得留着明年我父亲做大寿，我在家的时候他极疼我，我可不能在娘家人面前丢脸。”兰花边说边躺下，宋大祖随即爬了上来。

“你来点兴致好不好，你看你就跟平时绣花纳鞋底一样，哪像做事呀。”宋大祖在上面动着，对身下无动于衷的婆娘埋怨起来。

“老夫老妻了，还想咋的，你想做就做，不想做拉倒，哪来那么多名堂！是不是嫌弃我了？宋大祖我可告诉你，你可别背着我在外面偷女人，让我发现我打断你的狗腿。”兰花不甘示弱。

“我要钱没钱，要本事没本事，要模样没模样，哪个女人会看上我呀，要真外面有女人，我还能在家里这么卖力？”宋大祖一脸坏笑。

“你少跟我贫嘴，现在的女人，贱得很！”兰花余怒未消，但语气明显柔和多了，鼻子里发出轻哼声，一副很享受的样子。

宋大祖把兰花翻了过来，兰花很顺从地跪在床上，任宋大祖折腾。

“大祖，老爷子的墓明年要改了，十年了。”兰花的声音有些颤抖。

“知道。”宋大祖气喘吁吁地说。

“大祖，你做了这么多年的小工，明年自己转个大工做做，砌砌墙搞搞粉刷应该没问题吧，一天能多挣个二三十块钱。或者，你也学李胖子那样，去包点小工程，我来帮你打下手，做小工。明年如果儿子考上了大学，可是要一大笔钱呢。”兰花手撑在床上，回过头来对宋大祖说。

“嗯……啊……嗯……啊……”宋大祖昂着头，动作越来越快，不知道是由于兴奋在叫，还是在回应兰花。

“我在这里欢笑，我在这里哭泣……”宋大祖的手机响了。

“哪个猪头，这时候打电话来。”宋大祖听到手机响，一个激灵，恼怒地骂道。身子却不但没有挪动，反而俯下趴在兰花背上，双手从兰花背后伸过去，抓住兰花那对晃动的雪白大奶子揉了起来。

“肯定是找你有事，不然谁会这个时候打电话来呀。”兰花边说边推开宋大祖，宋大祖这才极不情愿地跳下床，找到裤子，从裤兜里拿出手机一看，是工头李胖子打来的。

“李老板，啥事？”宋大祖问。

“宋大祖，明天陈老板房子浇顶层楼面，你早点过来，明天无论如何必须浇完，听到没？”李胖子的口气不容商量，说完就挂了电话。

“神气个屁呀，神经。”宋大祖骂骂咧咧地重新回到床上，想延续刚才的激情，却发现自己再也延续不了了。

兰花见宋大祖一脸沮丧，忙拉着他的手，安慰道：“大祖，算了，明天你的活可不轻松，还是留点力气明天干活吧。新买的热水器，去洗个澡，洗洗睡吧。”

家家有本难念的经

陶丽刚想出门，手机就响了起来，她从包里拿出手机一看，显示号码是李春林打过来的，便接了起来。

“丽姐，在哪儿呀，江湖救急，麻将三缺一。”李春林是个急性子，说话开门见山。

“正想出门去一下学校呢，有点小事——”

“行了行了，其他事先缓一缓，江湖救急，芬姐难得出来玩，你多少要给点面子吧。”陶丽话还没说完，就被那边打断了，李春林的语气有些急。

“芬姐出山了？那我真得陪一陪。你们等着，我就来。”

陶丽简单地收拾了一下自己，便挎着包出门了。

陈芬、李春林和王芳都是陶丽高中时的姐妹，高中毕业后，只有陈芬一个人考上了大学。陈芬上大学后，四个人便渐渐地疏远了，各忙各的事业和家庭。直到陈芬大学毕业，又分配到了这个小县城，四个人才在陈芬的组织下，慢慢来往多了，重新成为好姐妹。平时没什么事的时候，四个人便相约聚在一起逛逛街，打打麻将，然后陈芬开着车载着四个人到附近农庄胡吃海喝一顿，边吃边喝边聊着家庭儿女公婆什么的。在陶丽的印象中，自己只有跟这群姐妹在一起的时候，才真正喝醉过几次。

陶丽边走边想，不知不觉就到了她们固定的活动场所，刚一进门，便看到三个人各坐一方。李春林急不可耐地边洗牌边说："快，快，时间就是金钱，等你这么久，浪费了我多少好手气。"

王芳便笑："这个说不定呢，要是正好这个时辰你手气背，那就要感谢丽姐了。"

李春林瞪了王芳一眼，小声嘀咕："就你喜欢和我抬杠。"

陶丽和陈芬便都笑了起来，笑完后四个人便开始打起了麻将。

李春林果然手气不好，才打一个多小时便输了一千多元，放了一炮给王芳后，便翻了翻钱包，然后说："没钱了，欠一手。"

"就没钱了？怎么回事呀？"王芳不信。

"本来今天就没打算打麻将嘛，出门了芬姐打电话来说今天打麻将，我就直接过来了，哪知道这么背呀。"李春林说，"你要不信，我把钱包给你看。"说着真把钱包拉链拉开来。

陈芬便说："你要是想玩，我先借两千给你，行不？"

"还是算了吧，我家那死鬼，现在把钱看得很紧，我怕借你钱输了，不知道何时才能还你。"李春林叹了口气。

"不会吧，你家批发生意做得这么大，他就这么做得出？"王芳有点不信。

"这你就不知道了，越是做生意的——不，应该说是越有钱的——越小气。"李春林气呼呼地说，"自从我嫁到他家，他家就没把我当过自己人，钱不让我过手，生意也不让我插手，我在家就是带孩子做饭搞卫生，充其量是个用人保姆身份，这日子过得真是窝囊。"

四个人停止了打麻将，都呆呆地望着李春林。李春林家做批发生意，而且做得很大，平时从没听她对家里人发过什么牢骚，今儿个不知是怎么了。

看见三个人都大眼瞪小眼地望着自己，李春林两眼一红，干脆"哇"的一声哭了起来。众人一看不对劲，这麻将馆也算是公共场合了，李春林这一哭，别人都不知道她闹的是哪一出，于是都劝她。

李春林可能也意识到了，平时嗓门就大，这一嗓子哭出来，自己都感觉有点震耳朵，毕竟是三十出头的人了，要是让大家看了热闹，怎么着她面子上都过不去，所以第一嗓子刚出来一半，后一半便低了下去，然后在三个姐妹的安慰下，从哭泣渐渐地变成了抽噎。

李春林是四姐妹中长得最漂亮的，身材高挑，皮肤白皙，高中时候便有不少男生暗恋她。但她自己却是个疯疯癫癫的男人婆，一收到男生写给她的信，她便没心没肺地在姐妹们中传阅，常常弄得写信的男生没台阶下，所以后来就没有男生敢给她写信了。

高中毕业后她没考上大学，便去广东打了两年工，并且在外面谈了个不错的男朋友。后来父亲病了，她急急忙忙赶回来照顾父亲。父亲得的是肝癌，家里为给父亲治病，花光了所有积蓄，还向亲戚朋友借了不少钱，但还是无法挽回父亲的生命。李春林的性格像她父亲，原因之一是她父亲从小就特别疼爱她，对她产生了影响。父亲过世后，李春林结结实实地哭了一回，那次几个姐妹都去了，都跟着抹了眼泪。

后来，她现在的丈夫看上了她，便托媒人来说媒，李春林只简单问了一下家庭情况，连人长啥样都没去看一下，便同意了，但条件是足够多的彩礼钱。母亲知道她的用心，坚决不同意，但到底拗不过李春林，就这样李春林嫁给了现在的丈夫。结婚后，家里的外债算是还清了，但丈夫家里人始终认为李春林是为了钱才嫁过来的，从没把她当成自家人。丈夫是个典型的败家子，又赌又嫖，家里啥事都不管不顾，没钱了就回家伸手向父母要，有钱的时候连个人影都看不到。这些事，李春林从来不在姐妹们面前提起，其实姐妹们心里都清楚，只是在李春林面前她们都不说出来。

这一次的情况却有些不同，李春林的表现有点反常。

陶丽一看气氛不对，说道：“春姐，千把票子也不是什么大数目，今天我赚了，中午我请姐妹几个去吃龙虾螃蟹怎么样？”

陈芬赶紧附和，说：“要得，好久没吃这东西了，春姐你看咋样？”

于是姐妹几个都望向李春林，李春林苦笑一声，说：“姐妹们的好意我清楚，只是我心里憋屈得慌，要是不找人说一说，我都不知道自己有没有勇气活下去了。”

“废话，你这不活得好好的嘛，干吗说傻话？你瞧你儿子多争气，听说这个学期又考了全年级第一。”王芳的女儿和李春林的儿子在一个班，两人经常说要结亲家。

李春林也不接话，轻轻地把衣服袖子捋起来，大家便看到她手上有瘀青的肿块。

“怎么，他打你了？”几个姐妹异口同声问。

李春林点了点头，说：“以前，他家里人看不起我，把我当外人也就算了；男人不争气，在外面疯，我也忍了；现在却越来越不把我当人看，居然打我。那死鬼打我的时候，公婆在旁边无动于衷地看着，我儿子哭喊着拉住他爷爷的手，要他拉一拉架，他爷爷竟然说是我们夫妻间的事，他不管。你们说一说，这还是不是人，还有没有人性？我这样活着还有什么意思。”说完又忍不住流眼泪。

众人听了，便都沉默不语了，只陪着流眼泪，房间里只听得到李春林压抑的哭泣声。

过了一会儿，王芳抬起头，揩了揩眼泪，说：“春姐，其实我比你好不了多少。你们也知道，我高中毕业后便在家自学会计，拿了个会计证书，自己好歹混了口饭吃。我老公是我自己谈的，当时我们两家都反对，他家嫌我没有个正式工作，我父母则嫌我老公家住乡下，我们不顾双方父母的反对，最后还是走到一起了。婚后也过了一段幸福日子，但自从我生了我女儿后，他父母的眼神便不对了。我老公是他家的独苗，他父母总想我再生一个儿子，我不同意，我老公也不想。后来我老公考上了公务员，他工作忙，所以更不想考虑这事。但他父母年龄越大越古板，三天两头发脾气，有事没事把气撒到我身上，一会儿说我做的饭菜不好吃，一会儿又说我懒，家里脏得跟猪圈一样。刚开始的时候，我把心里的委屈跟我老公说一说，他还会安慰一下我，后来说得多了，他可能也听厌烦了，我说什么他都爱理不理的，有时甚至只要我一开口说话，他便走得远远的，像躲避瘟神一样躲避我。我知道他的工作压力也大，但我心里的委屈又跟谁说呢，我一个人躲在被子里不知哭过多少回了。后来两人干脆分居，我们分居差不多两年了，这两年我们睡在一张床上的时间不超过十天，你们应该想得到，我们都才三十多岁，分居两年是什么概念？我不知道他在外面有没有女人，但我知道，我们的婚姻早已经死了，要不是为了女儿，要不是当初不顾家人反对非他不嫁，我想我早就和他离了。现在呢，什么也不去想了，过一天算一天吧。这人哪，活着本来也没什么意思。”

王芳说完，轻轻地叹了口气，脸上的绝望，甚至比李春林的眼泪还要可怕。

陶丽便说：“我们几个呀，都有得比了，要说幸福，可能就数芬姐了，家庭和睦，事业有成。唉，真是羡慕哇。”

陈芬侧过脸来看着陶丽，问：“你真的这样觉得吗？”

陈芬这样一问，其他三个人便都盯着她，陈芬便揶揄道：“我又不是外星人，这么盯着我干吗？今天姐妹们都掏掏心窝子，要是哪个的遭遇不够悲惨，哪个中午请客好了。”

陈芬长长地嘘了一口气，说了起来：

“我记得有位诗人说过一句话：我把阳光的一面朝向太阳，把有毒的一面朝向自己。可能每个人都有阳光的一面，也有有毒的一面，只是我们把有毒的那面隐藏在了内心深处，不愿表露出来；所以人前人后总是一副若无其事的样子，其实我们内心都活得很苦很累。确实如你们所说，我家庭还算和睦，也混了个副科级，在咱们这个小县城，算得上是事业小成了。我家老付，大小也是个局长，公婆也是退休干部，儿子还算听话，成绩也还可以，应该说，我们这样的人家，会有很多人羡慕。但是，当干部的表面都风光，即使是不风光，也要装得风光，做得风光，你要不风光，便没有人信任你，官场上便失势；官场上如果没有势，那你一辈子别想有出头之日。有人总是会想，在机关做个普通办事员也不错呀，为什么一定要往上爬呢。说这样话的人只能说是不懂官场，做官和做生意的道理是一样的，做官的都想升官，做生意的都想发财。在一个单位待久了，如果你还是原样子，单位的人都会看不起你，认为你是个没本事的人；这和做生意做一辈子没赚到钱是一样的道理，到最后人家会怀疑你的能力，甚至质疑你的智商，任何人都会受不了那些略带侮辱的目光和话语的。所以我和老付结婚后，在这个干部之家的熏陶下，也接受了这些思想，我和老付并肩作战，努力提升自己，只是这种提升的代价太大了。

“老付是个很要强的人，他提副科级那年，是在乡镇党政办工作，正好那年他的顶头上司王书记的父亲得了胃癌，老付凭借我公公的关系，帮王书记的父亲联系了外省一家有名的肿瘤医院。因为王书记事多，老付便留在医院服侍老爷子，端屎送饭，老爷子病情严重时甚至几个通宵不睡守在旁边，一有情况就向医生报告。老付尽职尽责，就连王书记的亲戚都感到自愧不如。刚检查出癌病的时候医生预言老爷子最多只能活三个月，但在老付的精心照顾下活了将近一年。临死的时候，老爷子说不出话，颤巍巍地当着王书记的面对老付竖起大拇指。老付回来后，一百五的体重锐减到一百一，一米七八的个子看起来瘦得一阵风就能吹倒。那一年，与老付竞争副科级位置的是县里一位副县长的公子，王书记硬是顶着县里的压力，在自己退休之前把老付扶到了副科级的位子上。

“老付以前不喝酒，但干乡镇工作不喝酒根本不行，有时候领导来了就只有硬撑，常常喝得烂醉如泥，不得不打吊针，到现在打吊针都没有用了，喝酒了回到家后直接到厕所里使劲抠，我在外面听他在厕所里抠不出来不停地干呕，心里比针扎还难受。但有什么办法呢，我作为一个女人还好点，有些时候可以回避一下，但他却是没有半点退路。

“现在老付体重增加到了一百九十斤，胆已经切除了，又有脂肪肝，几年前就有‘三高’，每天要吃药，去年又检查出糖尿病，只要稍微运动量大一点，心脏便受不了；头发也一把一把地掉，三十多岁的人，看上去像个五十多岁的老头子。

“老付常对我说，他肯定比我先死，他说如果他死了让我再去找一个男人，别委屈自己，只要我对儿子好，有时间去看看他父母，他就是死了也心安了。每当我听到这些，就忍不住掉眼泪，心里便有一种莫名的恐惧。我害怕这一天真的不知道什么时候会到来，到那个时候我又该怎么办？我有时问自己，我到底在追求什么呢？我找不到答案了。”

陈芬说完，已是满脸泪水。

“唉！”陶丽最后叹了口气，“我以前感觉芬姐是我们姐妹中最幸福的，真想不到她有这么大的心结。其实我的事即使我不说，姐妹们也知道。我是个没福气的女人，第一个老公对我百般疼爱，可惜死得早。这嫁的第二个老公老梅虽然也对我好，可到底是二婚家庭，婆婆又极爱钱，老梅跑长途运输挣了不少钱，但都要交到她手里，我知道她表面上对我还好，其实处处防着我。老梅和前妻生的儿子叛逆得很，老梅倒是没什么，叫我该教育的时候严加管教，可婆婆却总是护着她那宝贝孙子，好像我就是个恶毒的后娘一样，生怕我对她孙子使什么坏。不过这样也好，我落得清静。这不，春姐打电话给我的时候，这小子又在学校跟人打架，老师打电话来叫我去一下，我接电话的时候婆婆在旁边听到了，也不管我去不去，自己就先去学校了，可能为她孙子又要和老师闹一局了——她都在学校闹过几次了，吓得班主任只敢打电话给我了。老梅也可怜，每天跑运输累死累活赚钱，他娘还有事没事在他面前念叨没钱，老梅从不作声。老梅从小没爹，是他娘带大的，这守活寡的女人神经都不太正常，我看就是典型的缺乏安全感。其实老梅和前妻关系挺好的，她偏说这也不是那也不是，最后逼得人家离婚，我看她是看不得他们夫妻好，生怕儿子娶了媳妇忘了娘，你们说这是不是有点变态？

“照我说呀，人生一世，都是命中注定的，我也懒得去想那么多，好也好，不好也罢，日子总是这么过。所以我说姐妹们，咱们还是该吃吃，该喝喝，过了今天，谁知道明天啥样呢，是不是这个理？”

陈芬说："是呀，丽姐说得没错，这高兴也是一天，烦恼也是一天，人这一世能有多长啊，眨眨眼就过去了。古人说得好，人生在世，不得意者十之八九，谁叫咱是人呢，要是一头猪或者一条狗就好了。"

陈芬一席话，说得大家都忍不住笑了。

陶丽看了看手机，接过话说："生活是很现实的，我看还是填饱肚子要紧，我请客——不过是春姐买单哈——走，撮一顿去！"

无中生有

李静晚上在单位加完班回到家，本来想洗个澡轻松一下，却闻到了一股浓浓的火药味。

丈夫王海正在上网，把电脑的声音开到了最大，电脑里播放的摇滚乐简直没把李静的耳朵震聋。李静放下包，走进书房，一股刺鼻的酒味迎面扑来。

“王海，你能不能把声音开小点，人都让你吵晕了。”李静大声说。

李静的话音刚落，房间里便一下子静下来了，显然，是王海关了声音。李静听到了王海粗重的呼吸声，便小心翼翼地问：“王海，今天到哪儿喝这么多酒呀？”

那边便传来王海长长的呼气声，然后是王海饮酒过量的沙哑声调：“呵呵，太阳从西边出来了，今天倒关心起我来了！”声音里满是不屑。

这下李静火气也上来了，说道：“关心你难道关心错了？好心当成驴肝肺了。你今天这个样子，到底是什么意思？”

这个时候，王海转过身来，瞪着血红的眼睛对着李静说：“我倒要问问你是什么意思。要是真过不下去，就离了算了，要是啥时候一顶绿帽子戴在头上，我可受不起。”

“王海，你今天跟我说清楚，你这是啥意思？我清清白白，你凭啥往我身上泼脏水！”李静说完，委屈的泪水就在眼眶里打转，自己为了这个家累死累活工作，回来还要受这窝囊气。

“你自己看吧，看我是不是污蔑了你。”王海这时倒显得平静了，说完从电脑椅子上挪了下来。

李静不知道王海葫芦里卖的是什么药，揩干眼泪，往电脑上一瞧，那不是QQ空间吗，再仔细一看，是自己的呢，屏幕上是一首诗。李静这才记起来，这是单位一位同事昨天写的，她觉得人家写得不错，就转到了自己QQ空间里了，原来王海是因为这个生她的气呀。

李静这时总算明白了是怎么回事，便转过头来对王海说："同事昨天写的，你至于这样吗？”丈夫平时就有点小心眼，李静知道王海在乎她，心里又好气又好笑。

“你要是不喜欢，我把它删了就是了，好不好？”李静看着丈夫还是余怒未消的样子，只好反过来安慰安慰他。

“我看没这么简单吧，把你看得这么透，表述得这么到位，他安的什么心？打的什么歪主意？早晚我找人收拾他！”王海边说边挥着拳头，一副仇人就在眼前的样子。

“你要收拾谁呀？你有完没完哪你。”李静的火气也上来了。

“你们单位的陈明，我知道是他写的，我要杀了这个人渣。”王海大声吼道。

李静一听，气不打一处来。就因为都知道她老公是有名的醋坛子，单位的男同事都对她敬而远之，为了照顾丈夫的面子，她也尽量不跟男同事来往。她做出了这么大的牺牲，今天丈夫竟然为了这点芝麻大的事和她闹，得寸进尺，全然不顾她的感受。一想到这，她忍不住鼻子一酸，眼泪就大颗大颗地掉了下来。

“你爱怎么着就怎么着，我懒得理你。”李静哭了起来，一摔门冲出书房，不卸妆也不洗脸洗脚，就直接睡到了床上。王海也不去安慰，一个人在书房里待了一个晚上。这一夜，是两人结婚以来第一次没睡在一张

床上。

第二天早上，李静收拾好到单位上班，刚到单位门口，正好碰到了陈明。

陈明一看李静面容憔悴、眼睛红肿，便问："美女，怎么了？是不是病了？"

李静勉强地笑了笑，也不答话，径直来到自己办公室，埋头做起事来。

整整一个上午，办公室里一直没人注意到她今天的不正常，李静心里正稍感庆幸。这时，伍姐来到她身边，对她说："李静，吴主席要你到她办公室一趟。"

"哇，李静，今天怎么这个样子！"伍姐发现了李静今天的变化，经她这个大嗓门一叫，办公室里几双眼睛便齐刷刷地望了过来。

"老实坦白，是不是措施没到位，中标了？"吴姐一脸坏笑。

李静不置可否地笑了笑，径直走向吴主席办公室。敲开门来一看，陈明也在，正耷拉着脑袋站在吴主席办公桌旁边，她心里就明白是怎么回事了。

吴主席见李静进来了，便示意她坐下，李静哪里坐得住，来到吴主席办公桌前，恭恭敬敬地对着吴主席问了声好，然后转过身来，满怀歉意地对陈明说："对不起，连累你了。"

陈明这个时候才抬起头来，慌忙说："是我给你惹麻烦了，是我的错，吴主席说得对，我以后会检点自己的行为的。"

吴主席见两人都是明白人，便说道："这事到此为止，以后就当什么也没发生过。"

李静一听，这话不对，本来就没发生过什么呀，便说："吴主席，我们真没什么，你别听我那口子说，你又不是不知道他是个什么样的人。"

"好，好，我说错了，我相信你们是清白的同事关系。"吴主席笑着摇了摇头，"你们都把各自空间里的那首诗删了——还有，今天晚上单位在家家红酒店聚餐，你们别因为这事受影响哟。”两人都点点头，然后一前一后从吴主席的办公室出来了。

李静回到办公室，便发现办公室里所有人的眼睛都盯着她，仿佛刚才这会儿她是被外星人抓去了似的。李静表面上平静，内心却在苦笑：嫁了这样的男人，一辈子都不得安生。然后她打开自己的空间，找到那首小诗，正要把它删了，伍姐突然凑到身边：“李静，就因为这个？”李静使劲地点点头，不知怎的，这个时候眼泪就不争气地掉了下来。

“别这样啊，又不是什么大不了的事，你问心无愧呀，别这样。”伍姐忙安慰起来。

“我受不了了，我真的受不了了。”伍姐一安慰，李静反倒大声号啕起来，仿佛满肚子的委屈都要通过眼泪倾泻出来。

“王海这小子还真做得出——要不，今天下午你回去休息一下，待会儿我跟办公室说一声。”伍姐一边扶住李静一边说。

办公室里其他人也都过来帮着劝说，李静好不容易才止住哭，伍姐说送李静回家，李静拒绝了，拎起包，自己一个人踉踉跄跄地走了出来。经过陈明办公室门口的时候，瞥见陈明正在办公室里挨“批斗”，李静凄然地苦笑了一下。

大街上人来人往，热闹非凡，没有人注意到李静，李静反而安静了下来。这个时候回家没有任何意义，还不如在街上走走，权当是散散心，这样想来，李静就在街上漫无目的地走着，边走边想着今天发生的一切。思来想去，李静就觉得自己最对不起陈明了，越想越觉得内疚，但又想不出用什么办法来弥补。走了好久，也想了好久，直到肚子“咕咕”叫了，才记起自己还没吃午饭。拿出手机看看，已经是下午四点多了，抬眼一望，正好前面有一家茶餐厅。

李静走了进去，自己点了一份煲仔饭，又点了几个点心，慢慢地吃了起来，肚子吃饱了，心情也渐渐好起来了，心里想着要把这事跟陈明解释一下，便发了一条短信给他，告诉他地址，叫他过来。陈明很快回复了短

信，答应过来。

二十多分钟后，陈明的身影出现在茶餐厅门口，头发蓬乱，衣衫不整，往日的潇洒自信荡然无存。看见李静后，陈明尴尬地笑了笑，点点头，在李静对面的座位上坐了下来。

服务生过来，陈明点了酒水，李静不喝，陈明一个人喝，一杯又一杯，一边喝一边聊着天，你讲完了我讲，我讲完了你讲，高兴的不高兴的，儿时的现在的，一直讲到陈明喝得烂醉如泥，倒在桌子上连杯子都端不起来了，李静才想到要回家了。

李静买完单，拿出手机看看，已经是晚上十点多钟了，拉开窗帘看看，外面一片漆黑，这个时候李静才想到两人怎么回家。

李静平时很少叫出租车，翻开手机看看，里面只存了曾师傅的号码，因为单位经常用他的车，所以比较熟。李静也顾不了这么多，拿起手机打过去，曾师傅答应马上过来接人。十多分钟后，车子来了，曾师傅点点头笑了笑，然后两人将烂醉不醒的陈明抬上了车。

车子在马路上飞驰，这时曾师傅的手机响了，坐在后座扶着陈明的李静只听见曾师傅边开车边对着手机大声说：“吴主席吗？我马上过来，你们单位陈明喝醉了酒——对，李静陪着他呢——我先送一下他们就过来——”

李静的脑袋“嗡”的一下就大了，她突然记起来，今天单位聚餐，单位肯定也是叫了曾师傅的车接送同事。

这下，自己和陈明就是跳进黄河也洗不清了！

卖鸡蛋的老太婆

太阳刚从杨岐山那头蹦出来，便如火堆旁的镜子，白晃晃地照着上栗县城。大暑刚过，天气便热得有点狰狞。

菜市场里却依然熙熙攘攘，卖菜的坐在菜摊子旁瞅着唠叨着，努力辨别真主顾假主顾；买菜的看似在各个摊位前漫不经心地溜达，东瞧瞧西问问，实则在精细地对比着，生怕自己的菜买贵了。

似乎谁也没有注意到菜市场门口路边那位老太婆。老太婆上身穿着白色的确良短袖，下身穿着青灰色的确良裤子，满头白发束成一个发髻盘着，一条毛巾搭在头上，飘散的银丝在太阳下闪着光。

此时，她正提着一篮子鸡蛋在菜市场门口转悠。这一篮子鸡蛋似乎不轻，她一只手挽着篮子，另一只手托着篮子底部，整个篮子的重量压得她身子侧向一边。

她佝偻着腰，眼睛看着地上，一边走一边嘴里不停地念叨着什么，汗珠从额头上流下来，渗进了深深的皱纹里，又汇聚到下巴处滴落下来，她却全然不顾。

“嘀！”身后一辆汽车的叫声似乎惊醒了她，她抬起头来，浑浊的眼睛略显呆滞。

小车的玻璃摇了下来，司机座位上伸出一个脑袋，是个年轻小伙子，

“喂，老太婆，你倒是让一让啊！”

老太婆转过身去，看到一辆奥迪车停在身后，她没有吱声，只是抬头对着小伙子笑了笑，便往路旁慢慢移去。

奥迪车却没有立即离开，司机后面的窗玻璃又摇了下来，伸出一个戴着墨镜的胖脑袋，是一位中年男子，他对老太婆喊道：“老人家等一等！”

老太婆又回过头来，有些迷惑地看着中年男子。中年男子从车上跳了下来，然后示意司机找个位置停好车，自己腋下夹着个黑色提包走到老太婆面前，问：“老人家，你提着这一篮子鸡蛋在这转悠啥呢？”

老太婆笑了笑，慢条斯理地说：“唉，本打算到县城找亲戚，送点土鸡蛋过来，谁知道她家里没人——呵呵，老了不中用了，不想将这一篮子鸡蛋提回去……”后面的话，老太婆便没有再说了。

中年人点了点头，眼睛在墨镜后面盯着那一篮子鸡蛋看了一会儿，说：“您的意思是想卖掉咯？”

“唉，是哟，”老太婆将篮子放在地上，“您瞧这些鸡蛋，我养的三只老母鸡整整下了半个月，我没舍得吃掉一个，才凑满一篮子。县城老嫂子做婆婆了，说是想要点土鸡蛋给媳妇补补身子。这不，我都是留着给她家的，谁知道她家里今天没人呢。”老太婆一脸沮丧。

中年男子走上前去提了提篮子：“哟哟，怕有三十来斤吧，您老提得动？”他放下篮子，又说道：“您也别提回去了，多少钱一斤？我买了就是。”

“这……”老太婆显出为难的样子，“我还打算晚点再去她家一趟，要是她家人回来了，就送给她；要是她家没人回来，我就卖给你，行不？”

“何必遭这门子罪，您就直接卖给我吧，反正家里养着鸡，下次再给亲戚家送过去不就得了。”天气太热，中年男子一着急，脑门上开始冒出细细的汗珠了。

老太婆抬起头来望了望天，热辣的阳光刺得她的眼睛都眯成了一条缝，她抹了一把脸上的汗水，像是下定决心似的：“好吧，我卖给你——

可是我没有秤。”

“这个无所谓啦，我估摸着也就三十斤的样子——多少钱一斤？”中年男子问。

“你瞧我的鸡蛋，”老太婆从篮子里面拿出一枚鸡蛋，轻声说，“这可是正宗的土鸡蛋，色黄，个头小，得卖两元一个吧！”

“两元一个？太贵了吧！”中年男子大声说道。

“要不是老嫂子的媳妇要补身子，我可得留着做种鸡蛋。”老太婆拿着鸡蛋，像摸宠物一般抚摸着，“你要是不买——我还是去一趟老嫂子家，说不定她已经回家了呢。”老太婆犹犹豫豫的，提起篮子准备离开。

“别，别，您老就算送我个便宜行不，咱也不数多少个，也不论多少斤两，你就说，这一篮子鸡蛋多少钱，行不？”中年男子边说边拦住老太婆，“您瞧这太阳，这么热的天，咱别再讲条件了行不行？”

老太婆只好放下篮子，长叹一口气，“是喽，我还要赶回家去喂鸡，真不能耽搁了，那你说说这篮子鸡蛋多少钱吧？”

“三百，三百我买了。”中年男子从黑色提包里抽出三张一百的，递给老太婆，然后又朝停在不远处的奥迪车叫道：“小李，快过来提一下鸡蛋放后备厢。”

司机下车跑了过来，提起一篮子鸡蛋便走。

“喂，喂，我的篮子。”老太婆叫道，小伙子像没听见似的，将一篮子鸡蛋放到了后备厢，然后跳上自己的司机位子。

“算啦，您下次送鸡蛋的时候再买一个就是。”中年人掩饰不住内心的喜悦，又悄声道，“不瞒您说，托您老人家的福，我那小的帮我生了个儿子，太难为她了，这篮子鸡蛋正好给她补补身子。”

老太婆也茫然地随着笑了笑，目送着中年人满脸笑意地上了车，那奥迪车一溜烟似的跑了，她才将三百块钱掖进口袋里。

天气越来越热了，菜市场里来来往往的人也少了些，老太婆四下里望了望，似乎没有人注意到这桩交易。她拍了拍衣服，径直朝菜市场内走去，穿过菜市场长长的巷子，来到里面一家偏僻的杂货店前。

“李老板，给我再准备个篮子，装八十元鸡蛋，个要小，颜色要黄，多涂点脏泥上去。”老太婆说话干净利落，声音洪亮，跟刚才相比，像换了一个人似的。

“于老太，你到底用的啥法子呀，一早上都卖了三篮子鸡蛋了，我一个铺子一天都卖不了这么多哟。”那李老板话里满是羡慕。

于老太笑了笑，答非所问地说：“这生意嘛——各敬各的菩萨，各烧各的香。”

孙老师的爱情故事

龙山中学有个老师姓孙，叫孙长春。说起孙老师，在龙山县教育系统可是小有名气。孙老师自从五年前分到龙山中学后，便一直带毕业班，他带的班中考成绩年年排全县第一。在孙老师的带动下，龙山中学的教学成绩也是名列前茅，孙老师渐渐地成了龙山中学的招牌老师。

孙老师书教得好，也深受学生的爱戴，孙老师的母亲李大娘为儿子感到非常自豪，只是做母亲的始终觉得不尽如人意的是：孙老师年近三十，可还是单身一人。为这事李大娘没少张罗，姑娘看了不少，可儿子就是没一个中意的。俗话说：三十而立，三十是个坎，过了三十岁还没找到对象，别人会说闲话。李大娘看着长得高高大大、一表人才的儿子，心里直迷惑：这样的男人怎么会找不到老婆呢?

剃头挑子一头热，李大娘为儿子的婚姻大事担心，孙老师自己却不急不躁，一心一意地教他的书，丝毫也不把娶老婆的事放在心上。功夫不负有心人，今年中考，孙老师又是一个大丰收，孙老师和龙山中学都得到了县教育局的特别嘉奖。学校开总结会的时候，王校长把孙老师大大表扬了一番。会后，王校长又把孙老师叫到办公室，亲切地问道：“长春哪，知道我为什么把你叫来吗？”

“不会是留了糖给我吃吧？”孙老师开玩笑地说。在孙老师眼里，王校长就像一位慈祥的母亲。

“我五十岁了，马上就要退休了，可我有一桩心事还没了。”王校长边倒茶边说。

孙老师一听这话，不知道王校长葫芦里卖的什么药，忙说：“王校长，龙山中学可少不得你呀。”

王校长笑了起来：“少了我不要紧哟，倒是少了你就不行啊。”

孙老师谦虚地“嘿嘿”笑了两声，说：“王校长，有什么事你就直说吧——我知道你肯定有什么事要说。”

王校长喝了一口茶，说：“今天你妈来找我了——”

“又是我的婚姻大事吧！”孙老师打断王校长的话，语气里透着点不耐烦。

“你呀，不懂做母亲的心。”王校长停了一下，又说，“听说龙山小学有个女老师，人不错，家里条件也不错，明天我陪你去见一下吧。”

王校长把孙老师当儿子一样看待，孙老师心里清楚，可老把自己当三岁小孩，孙老师心里就有点不乐意。再说，自己也不是没考虑这方面的事，只是一来教学忙，二来实在没遇到自己喜欢的姑娘，心急吃不了热豆腐哇。

王校长看孙老师没言语，以为他答应了，便高兴地说：“长春，就这么定了，明天早上八点，准时到学校里来，我陪你去。”

孙老师无奈地点了点头。

第二天，孙老师便和王校长来到了女方家里。女孩名叫陈玲，模样倒是还可以，家境也较优越。只是陈玲是家里的独生女，从小娇生惯养，脾气比较大。陈玲父母也是老师，也知道孙老师的名气，对孙老师很客气。

孙老师和陈玲初次接触，第一印象都还可以，于是在王校长的撮合下，两人开始慢慢交往起来。

整整一个暑假，孙老师都在和陈玲谈恋爱。陈玲之所以二十五六还没婆家，除了小姐脾气让人敬而远之以外，还有一个原因是对男方要求比较高。两人虽然在交往过程中难免有些磕磕碰碰，但到暑假结束的时候，也开始谈婚论嫁了。

开学前，王校长把孙老师找来，郑重地对他宣布：为了下一代，这个学期孙老师只兼毕业班的语文课，班主任的工作由数学老师伍老师接任！

一开学，孙老师便把精力投入教学中，不当班主任，他也习惯把班上的事处理得井井有条。这样，无形之中就冷落了陈玲，陈玲心里不愿意了，便跟孙老师赌起气来，孙老师也不在意，心想：要是现在就这样，那以后的日子咋过？好在陈玲的父母对孙老师印象特别好，找王校长商量把两人的婚事定了。

订婚这天，李大娘特意买了一身几百元的西服给儿子，孙老师穿在身上又精神了不少。早上一上班，陈老师便来到语文办公室，对忙着准备上课的孙老师说："今天你就安心去忙你的吧，课我帮你上了。"

孙老师一听，笑了笑说："不碍事，一二节课，上完还来得及。"其他同事也笑孙老师："早点去哟，我们还盼着你的喜糖呢。"笑得孙老师都有点不好意思了。但孙老师坚持把课上完，他不想因为自己的私事而影响学生们的学习。

这两节课是作文课，孙老师要语文科代表何平平把作文本发下去。孙老师想：第一节课讲作文，第二节课写作文，如果还顺利，写作文的时候可以让伍老师来帮自己守一下，自己早点去陈玲家。

孙老师正想着的时候，有同学在喊他："孙老师，何平平身体不舒服。"孙老师一看，果然看见何平平伏在桌子上，脸色绯红。孙老师快步上前，一摸何平平的额头，有些烫手，便对班长说："快去把陈老师叫来，我送何平平去医院。"说完，迅速背起何平平，朝医院的方向奔去。

好在县医院离龙山中学并不远，二十多分钟便到了，当孙老师把何平平放在病床上时，自己也累得虚脱了一般。医生迅速帮何平平检查了一下，只是因受凉引起的感冒，并无大碍，孙老师这才松了一口气，看着输液管里的液体流入何平平的体内，他也伏在病床边睡着了。

孙老师一觉醒来，抬头便看见何平平那双大眼睛，这时何平平精神状态已经好多了，她歉疚地说：“老师，麻烦你了。”

孙老师微微一笑：“你没事就好了，吓死我了，还以为你出了什么大问题呢。”

“你睡着了的时候，我姐姐来了，她又帮我检查了一下，说我没事。”

“你姐姐在这里工作？”

“是呀，姐姐去年从医学院毕业后，就分到了这里。”

“哦。”孙老师点了点头。这时手机突然振动起来，他一看号码，糟了，是王校长打过来的，手机显示多个未接电话，他这才记起今天是自己订婚的日子。孙老师挂掉手机，对何平平说：“你姐在哪儿？你快叫她过来，我有急事要走了。”

何平平看见老师的神情大变，知道老师是真有急事，便说：“老师，你到护士站去叫一下，我姐叫何丽丽。”

孙老师飞奔而出，来到护士站：“请问何丽丽在吗？我找她有急事。”

“我就是，”一位正在忙碌的护士抬起了头，一双美丽的大眼睛忽闪忽闪的，“我妹妹有什么情况吗？”

“不，不，不，没有，是我——”孙老师竟有点语无伦次起来。

“你怎么了？有不舒服吗？——都怪我妹妹不懂事。”何丽丽责备起妹妹来。

“我，我有事要走了，我——”孙老师感到心里慌慌的，不知是因为耽误了订婚仪式还是因为面对眼前漂亮的何丽丽。

“你去忙吧，我妹妹由我来照顾——麻烦你了。”说完，何丽丽歉意地对孙老师笑了笑。

孙老师不知所措，也笑了笑，便飞快地向陈玲家的方向跑去。

等到了陈玲家时，筵席已散，客人都已经离开了。陈玲正在那低着头哭泣，而她母亲在旁边安抚着。

王校长一看见孙老师，脸色也难看起来：“你这孩子，怎么这么不懂事呢？这么大的事你不闻不问也不来，你不是存心糊弄人吗？人找不到，打电话也不接，你要是不愿意，早点说就是了，人家面子丢大了。”

孙老师本想解释，让王校长一通数落，便不作声了，自顾自地走了。

这桩婚事就这样黄了。

孙老师倒不觉得怎样，只是王校长后来了解情况后，觉得这事自己也没考虑周全，只叹两人没缘分。

何平平自从知道孙老师因为自己而耽误了终身大事后，一直很内疚，每次去办公室送作业本，她都会偷偷地观察孙老师。有时候看见孙老师坐在那里发呆，她就感到心里不是滋味。可她哪里知道，孙老师自从上次见到何丽丽后，眼前便时时晃动着何丽丽俏丽的身影，这种感觉以前从来没有过。有时候想问问何平平她姐姐的情况，但终究开不了口。有时候他甚至有一种想再去医院看看何丽丽的冲动，

有一次何平平来送作业本，孙老师看着何平平，说：“何平平，你和你姐长得还真有点像呢。”

何平平就笑了起来：“老师，我妈说我姐比我漂亮。”

孙老师便有点不好意思，何平平看见孙老师问她姐的情况时脸颊有点红，聪明的她便明白了几分，笑着说：“孙老师，我姐也提起过你呢。”

孙老师一听，顿时激动起来：“你姐说什么了？”

“我姐说你人真好。”

“真的吗？”

“真的！”

孙老师心里像喝了蜜一样，顿时感到甜滋滋的。何平平看了孙老师一眼，便捧起作业本走出了办公室，丢下孙老师在那里发呆。

有一天，孙老师改作业的时候，从何平平的本子里掉出来一张相片，孙老师捡起来一看——相片上不是别人，正是何丽丽，一张青春可人的艺术照。孙老师欣喜若狂，小心地把相片放在抽屉里，以后一有时间，便拿出来看。这一切都没有逃过何平平的眼睛，何平平知道孙老师心里在想什

么，但她装作什么也不知道。

这天，孙老师改作业的时候，从何平平的本子里又掉下一张折叠得很整齐的小纸片，孙老师拿起来展开一看，只见上面写着一行娟秀的小字：“感谢你对我妹妹的关心，你是一位好老师。”下面的落款是何丽丽。孙老师好不激动，也写了一张字条：“谢谢你的夸奖，我只是把自己应该做的事做好，何平平是一名优秀的好学生。”

这以后，何平平的本子里便时常有小字条出现，孙老师和何丽丽的话题越来越多，两人都有相见恨晚的感觉。渐渐地，两人由传字条转为了直接约会，并很快开始谈婚论嫁。这一切让包括王校长在内的所有老师都感到意外。

孙老师和何丽丽结婚那天，正好何平平也收到了重点高中的录取通知书，双喜临门，亲朋好友和同事都来祝贺。看着这幸福的一对，大家都想知道两人到底是怎样走到一起的。孙老师笑得很灿烂，说：“还是请何平平同学来说吧。”

何平平一听，也不客气，接过话筒，把自己怎么当红娘、孙老师和姐姐怎么由相互欣赏到相互爱慕的过程，一五一十地讲了出来。

何平平一讲完，大家都不由自主地鼓起掌来，王校长感慨地说：“学生做红娘，这可是绝版现代爱情故事呀！”

父亲的呼噜声

小时候，我不喜欢父亲。

倒不是因为父亲有什么不称职的地方，相反，父亲相当称职。父亲做生意，每年赚的钱养活我们全家绰绰有余，而且他只要有时间便会在家做家务，炒菜、拖地、洗碗，样样得心应手，闲暇时间还会带我们全家出去走走。按理说，有这样的父亲应该感到知足了，但我就是不喜欢父亲，不喜欢的原因是父亲爱打呼噜！

打从记事起，我就对父亲的呼噜声有种天然的恐惧，所以我很小便和母亲睡，父亲则一个人睡隔壁房间。但即使是隔着厚厚的墙壁，我仍然能听到父亲的呼噜声起起伏伏、抑扬顿挫。于是，我在这边房间里用哭声做回应，弄得左邻右舍都对我们家有意见。母亲常常不胜其烦，却又无可奈何，白天得对邻居们赔着小心，晚上又得对着我们爷儿俩掉眼泪。

父亲是生意人，在我小的时候，印象最深的便是父亲忙碌的身影。父亲的生意一直做得还可以，所以我们家能从乡下搬来县城，母亲曾说她之所以嫁给父亲，在县城买房子是条件之一。母亲还开玩笑地说，刚开始她也无法忍受父亲的呼噜声，当初还差点因为父亲爱打呼噜而跟他分手。我问她后来是不是就能忍受了，母亲只是笑了笑，却并没有回答我。

不打呼噜的时候，父亲也不可爱，他是个实在的生意人，不懂什么浪漫或是幽默，也不知道怎么哄孩子。记得小时候，他最喜欢将我架到他的脖子上，抓住我的双手在原地转圈，只有这时，才能听到我们父子俩的笑声，他打着呼哨，一直要转到自己都站立不稳了才会将我放下来，然后父子俩坐在地上傻傻地笑。

母亲说，父亲曾经偷偷去检查过，但医生说父亲打呼噜是遗传，没办法治。说这话时，我清楚地记得母亲脸上的阴郁，那时的我不懂，还天真地追问：那爷爷也一样打呼噜吧？母亲并没有回答我的问题，只是将目光投向远处。爷爷一直住在离县城不远的乡下，我们经常回去，但我却几乎没有在乡下的家里住过。小时候的我，总嫌弃乡下鸡呀鸭呀到处跑，特别脏。

爷爷似乎并没有看出我讨厌乡下。每次我回去，他都特别欢喜，忙着到菜地里去采摘新鲜的蔬菜回来，平时从来不下厨房的他也会帮着奶奶打下手，洗菜切菜忙里忙外。每次吃完饭当我吵着要回家时，他都会拿出平时积攒下来的一些小玩意儿引诱我住一晚，而我却总是将他的东西拿到手后，就不买他的账了。

我曾经也疑惑：为什么爷爷奶奶从不来我家住，哪怕一个晚上？这个问题直到我六岁那年才找到答案。我记得那年父亲的一桩生意失利了，他急火攻心，竟然一下子病倒了。

父亲壮实魁梧，我从没见他生过病。父亲住到医院的那天晚上，爷爷从乡下赶了来。我看到爷爷走到父亲的病床前，握着父亲的手，他一言不发，久久地望着父亲，眼泪却如断线的珠子。那时的我偎在母亲怀里暗暗觉得好笑：连我都知道，父亲只不过是小病而已，而爷爷这么大年纪了还像个小孩子一样哭。那天晚上，父亲和爷爷聊到深夜，内容我不记得了，大概就是劝父亲要振作之类的话。母亲怕爷爷身体吃不消，让我陪着爷爷到我家去睡觉。

那天晚上，爷爷睡在父亲的床上，而我睡在自己床上。窗外飘着毛毛雨，父亲和母亲都不在家，我感觉异常冷清。正当我迷迷糊糊要睡着的时候，我听到一阵熟悉的呼噜声：声音由小而大，如同火车从远方渐渐驶近，靠站，紧接着呼噜声直贯入耳，如潮起潮落又似有千军万马杀入疆场，那气势磅礴汹涌……直到那时我才明白，原来父亲的呼噜声和爷爷的比起来，简直就是小巫见大巫了。

那天晚上，我第一次感觉到那呼噜声原来如此亲切！

父亲的病很快好了，父亲回家后，我拉着父亲和母亲的手告诉他们，我长大了，我要一个人睡！

那以后，我偶尔会随父母在乡下爷爷家住一晚。每到深夜，父亲和爷爷的呼噜声便如交响乐一般，此起彼伏，好像整栋房子都在颤抖。我暗想，难怪爷爷家没有老鼠，估计是受不了爷爷的呼噜声。

上小学后，父亲和母亲为了我学习和休息不受影响，决定将我送到寄宿制学校读书。我的独立能力还可以，很快就适应了学校的生活，在家里住得少了，父亲的呼噜声也在我的记忆中慢慢淡去。

高二那年的冬天，我在下晚自习回寝室的路上接到父亲的电话：爷爷病了！一听到这话，我的心便沉重起来。那天晚上，我向学校请了假，急匆匆地收拾东西走出校门，父亲已经开车在校门口等我了。我带着一身寒气钻进车里，发现父亲的脸色不太好看，于是一路上我们谁也没有说话。车子直接开去了医院，爷爷躺在病床上，妈妈坐在旁边。爷爷见我进来了，无力地睁开眼睛看了看我，嘴动了动，想要说话，但终究没有说出来。

我轻轻地走到爷爷身边，握着爷爷的手，爷爷的手好瘦好瘦，又冰又凉。母亲示意我不要打扰爷爷休息，我便轻轻地坐到床边，静静地看着爷爷，轻轻的呼噜声很快就响了起来，时断时续，与记忆中那地动山摇的呼噜声相差太远了，我的眼泪不争气地流了出来。

第二天，检查结果出来了，爷爷得的是肺癌，已经到了晚期！父亲拿着检查结果，黑着脸对我说："成子，你得多陪陪你爷爷。"我点了点头。

我回学校跟老师说明了情况，征得了老师的同意后，在爷爷最后的那段日子里，我每天白天在学校上完课，晚上便到医院陪着爷爷。爷爷清醒的时候，跟我讲了许多父亲小时候的事。父亲是独生子，小时候爷爷非常宠爱父亲，经常将父亲架在脖子上原地转圈，一直转到自己头也晕了眼也花了，才会将父亲放下来，然后两人坐在地上傻傻地笑。但爷爷知道，父亲却并不喜欢爷爷，因为爷爷的呼噜声太大，经常吵得父亲睡不着觉。所以后来父亲提出要在县城买房子的时候，爷爷虽然心里一万个舍不得，却还是同意了，爷爷知道那是母亲的主意，他也知道父亲和母亲差点因为父亲爱打呼噜而分手。父亲的生意都是从爷爷手里接过来的，父亲将家搬到县城后，爷爷便不再管生意上的事，全部交给父亲打理……

爷爷生命最后的那段日子，跟我讲了很多事，关于父亲，关于母亲，关于我，以及关于他自己。我才知道，原来爷爷的一生如此坎坷，原来爷爷对我们的爱如此深沉而热烈！我从没与爷爷如此亲近过，只要有时间，我都会跑到医院陪爷爷，听他讲过去的事，给他按摩，帮他泡脚。而我，整个人仿佛是变了一般，以前许多自以为是的想法，似乎都变得幼稚可笑。

爷爷最终没有熬过年关，那年冬天的一个早上，爷爷平静地离开了世界，不管我哭得如何伤心，爷爷最终还是离开了。

送走爷爷后，父亲将奶奶接到了我们家，因为没有收拾好房间，那一晚，母亲和奶奶住，而我则和父亲睡在一张床上。

我和父亲开着灯静静地坐在床上，父亲跟我讲着爷爷的好，我静静地听着，我才知道他们父子俩感情那么深，只是这深沉的感情，始终埋在心的最底层。父亲一边讲一边流眼泪，我也陪着他流眼泪，直到夜深了，父亲才将灯关掉，对我说：“不早了，咱们睡吧。”

那些天我和父亲都感到疲惫不堪，所以困意很快将我们击倒。睡梦中，我仿佛又看到了爷爷那张满是皱纹的脸，他久久地、慈祥地凝视着我，是那样恋恋不舍，可当我想伸手去抚摸他的脸的时候，他却突然不见了。我从睡梦中惊醒，发现自己的手正伸向黑暗之中，仿佛爷爷刚刚挣脱我的手离开。我睁大眼睛，望着眼前虚无的黑暗，百感交集，不禁潸然泪下。

此时父亲始终背对着我，似乎是睡着了，但令我感到奇怪的是，他那一向如雷的呼噜声，却迟迟没有响起。我翻了个身，用我的后背贴着父亲的后背，我感觉到父亲整个身子都在微微颤动。我心里一惊，赶忙转过身来，双手轻轻地抚着父亲的后背，父亲的后背已不似以前那么宽广厚实了。父亲缓缓地转过身来，黑暗中，依稀见他蜷缩着身子，压抑着，低声地抽泣。我轻轻地靠过去，看着他满是泪水的脸，父亲抬头，也看着我，带着哭腔颤抖地说："儿子，爸爸再也没有爸爸了！"

此时的我，再也抑制不住汹涌的泪水！

水乡雅韵

故乡偏于江南一隅，处在湘赣之间，群峰绵延起伏，层层叠叠。青葱山色中，潺潺溪水忽隐忽现，春夏秋冬奔流不息。故乡，是地地道道的水乡。

新年一过，雨便开始下起来。屋檐下，树林里，石板前，叮叮咚咚，那是江南特有的节奏。雨是最缠绵的，似乎要和春天谈一场不分手的恋爱，淅淅沥沥不紧不慢地下着，山头大地笼罩在一片朦胧的水雾里，仿佛是披在新娘头上的盖头。

调皮的太阳总想着看看新娘的模样，用那阳光的触手，轻轻将薄雾撩开，新娘终于露出了春天的模样，那是金黄的油菜花、粉红的桃花、洁白的梨花，那是风情万种的新娘，那是姿态万千的春天。

故乡的春天是水孕育出来的，时而柔和、平静，时而热烈、奔放。淫雨霏霏，雨是无声的，生怕惊醒小草的梦，惊走河中惬意徜徉的鸭子。柳树轻轻悄悄地发芽了，“润物细无声”，说的就是故乡的雨吧。雨却不是一直温柔的，等到天空中乌云翻滚、春雷阵阵的时候，雨便随之恣意起来，电闪雷鸣，大雨倾盆，仿佛要摧毁万物似的。其实“春雨贵如油”，万物最是喜欢春雨，枝条喜欢在雨中伸展，花朵喜欢在雨中悄悄绽放，春笋拱动着松软的泥土，害羞地露出了尖尖角……故乡是典型的丘陵地貌，

依山带水的村庄在静谧的雨中默然而立。

故乡人丝毫不忌讳这淫雨霏霏的阴冷天气，仍然沉浸在香喷喷的年味中。年饭似乎要吃到三月份，甚至更晚些。亲友之间聚完，还有朋友，朋友之间聚完，还有朋友的朋友……故乡人好客，去年冬天的腊菜留得充足，春天的时令蔬菜也不能少。客人来了，非得弄满满一桌子的菜，边喝酒边聊天，午饭吃到晚上，晚饭吃到深夜，似乎还不够尽兴，恋恋不舍地下桌，依依不舍地分开，相约明天继续。

过完元宵节，遍布故乡的花炮厂便陆陆续续开工了，年味还在嘴里，人已经在田里、地里、厂里忙开了，汗水和着笑容，播撒着春天的希望。

故乡的夏天总是来得令人猝不及防，雨后太阳露出了脸，田里地里的青蛙便开始“呱呱呱呱”地叫。一抬头，哟，夏天便挂在了头顶，赶紧将外套脱掉，去野外走走。是的，柳树的枝条已经绿意盎然了，一派青葱的田野里不时能看到劳作的农民，一声吆喝，声音便回荡在阳光里，像回转悠长的笛声。

故乡的夏天是一幅浓墨重彩的油画。郁郁葱葱的山野，充满了勃勃生机，这是江南的底色。红艳艳的杜鹃花迎风摇曳，展露出婀娜的身姿，点缀着山色。油墨绿的水稻在雨水和阳光的双重呵护下疯长。荷花悄悄地开了，或白或红，全然不在乎热辣辣的太阳，尽情地在水面上亭亭玉立。在阳光雨露的滋润下，故乡人“稻花香里说丰年，听取蛙声一片”，这江南水乡的韵味，故乡人最懂。

夏天的雨是急性子。在阳光的缝隙里，响晴的天不知什么时候冒出一片乌云，霎时天色便暗了下来，紧随着一阵强劲的卷地风刮过，豆大的雨点就跟过来了，噼里啪啦一阵乱响，如同木棒敲打在锅碗瓢盆上。雨珠溅在乡间的小路上，那些尘土立时形成一个个圆圈。再一会儿，不甚平坦的马路上积成了一汪汪小水洼，屋檐下挂起了小瀑布。猝不及防的行人慌乱地跑了起来，寻找着避雨的场所；来不及避雨的，一个个淋成了落汤鸡，时不时用手擦一把脸上的雨水，却不恼。雨来得快也去得快，刚刚从雨中

钻到屋檐下，一转身，太阳便晒到了脸上，要不是看到身上湿漉漉地往下滴水，甚至会怀疑刚才的雨是不是真的下过。

不管太阳如何毒辣，故乡的水都是清澈透明的，小河边，池塘里，鱼儿吐泡，水草轻摇。孩子们最调皮了，偷偷地从家里溜出来，脱个精光往水里一跳，一个猛子扎下去，要到好远的地方才露头。追逐，嬉戏，打水仗，水花四溅，银铃般的笑声此起彼伏。

大人们是没有这份闲心的，他们忙着田里地里的农活。早晨，趁着太阳还没有出来，赶着去看看一天天往上长的水稻，施肥，除杂草，挑水，样样都是精细活。田里的活忙完了，又赶着给辣椒、茄子、丝瓜、南瓜等蔬菜浇浇水，轻轻地洒一瓢水下去，仿佛能够听到蔬菜的枝叶忽忽往上蹿的声音，长得越发茂盛了。辣椒隔几天就红了一大片，紫色的茄子悄悄地躲在叶子下，丝瓜像挂满藤蔓的葫芦娃。就着露水摘上几样新鲜蔬菜带回家，那滋味甭提多美了。

最喜欢的还是故乡的秋天。故乡的秋天，果实熟了，累累果实挂在枝头，迎风摇曳。看，山上的板栗破壳了，一粒粒板栗露出壳外，轻风一吹，便从树上掉下来。树下的孩子不怕板栗刺，来来回回地在草丛中翻动着，偶尔捡到金黄的一粒，便高兴地咧开嘴笑，轻轻地放进口袋舍不得吃。田里的稻谷也熟了，那一大片一大片金黄的稻谷，静静地偎在山的怀抱里。

秋雨最有诗意，庄重得像大家闺秀，来得不急不躁。每当秋风悄悄地吹起你的衣服，让你感到一丝的凉意，或者掀动你的长发，惹你双眉紧蹙，那就是秋雨要来了。风渐渐大起来，天色变得越来越阴沉，细细的小雨也跟着飘落下来。但你不用担心被淋湿，秋雨总是慢慢地来，然后慢慢地走。

“一场秋雨一场寒”，不管太阳如何毒辣，终抵不过季节的轮换。山涧的水瘦了，没有了春夏时节的咆哮奔涌，淙淙细流，似是添了些成熟稳重。秋天的山野再也遮盖不住流水的身姿，任它们顺山势而下，遇岩石而转，倒是多了份淡定从容的禅意。一场秋雨过后，草枯萎了，田地里，山野上，绿意渐渐转黄，枫树的叶子黄了又红，层林尽染，一阵轻风吹过，红叶在空中旋转，飘落，似不忍，似不舍，终究离去。故乡的秋，在成熟后又开始蜕变。

故乡的冬天沉静而安详。有时暖洋洋的太阳照着大地，阳光从树枝间洒落，像一位慵懒华贵的妇人。老人们搬一把椅子坐在太阳照射的墙根，或聊天，或眯着眼小憩；孩子们到处跑，到田里去挖泥鳅，到水塘里捞鱼，没个消停。冬天的雨总是裹挟着冷风，淅淅沥沥地下个没完没了，故乡的村庄便迷蒙在雨雾中。不知哪家的房顶上悄悄地升起了炊烟，轻轻袅袅地萦绕在村落的上空，细细一闻，空气里还有熏肉的香味，分外馋人。故乡的熏肉大多是用柴火熏出来的，醇厚的肉香混合着柴火的味道，形成独特的美味。熏肉能够长久保存，过年的时候用来待客，家有客来，将火炕上挂着的熏肉割一块下来，切成一块块或蒸或炒，满满地堆在碗里，轻轻地咬上一口，肥而不腻，唇齿留香。

江南的冬天很少下雪，即使下了，也是薄薄的一层，落在山头，孩子们还没来得及高兴，雪就已经融化了。要是碰巧下上一场大雪，那就会变为狂欢节，大人小孩都跑出来，堆雪人，打雪仗，尽情地玩闹。青松翠竹顶着满头白雪，遍山斑驳，却有着江南雪景的独特韵味。

小年一过，房前屋后的鞭炮厂基本放假了，故乡人拿着一年的辛苦钱，便是要细细打算。年货自然要配齐，除了火炕上挂满的鸡鸭鱼等熏肉，还得买上各式风味小吃、新鲜水果。家里的卫生搞得干干净净，偶尔添置几件大家具，精心挑选时髦衣服，准备着过一个体面的新年。在外面打拼的人们，总是会在这个时候赶回家，亲戚朋友团聚，总少不了火锅，各色菜品放旁边，想吃什么放什么。大人聊天，小孩玩闹，这热火朝天的场面，是故乡特有的风景。

故乡偏于江南一隅，故乡是水乡，乡韵即雅韵！

悠性子的东源人

我要说东源人性子悠，东源人肯定不愿意。怎么，你说东源人性子悠，东源人性子就悠了，你再这样说，我跟你急！且慢，听我跟你说道说道其中的意思。

首先要声明，这里说的是东源人性子悠，而不是东源人性子油，“悠”和“油”还是有区别的。“悠”是慢条斯理、慢中有序，“油”是左右逢源、油腔滑调。东源人性子悠，但不油。

东源在上栗南边，背靠杨岐山，离萍乡比上栗县城更近。东源最有名的有三宝：茶油洗脑、土鸡当饱、番薯酒洗澡。

东源三宝之首是“茶油洗脑”。东源多茶树，漫山遍野都是，一到寒露、霜降，大家便上山摘茶籽。摘茶籽是个慢活，一树茶籽成百上千，你不能急，只能一粒一粒地摘下来放笆篓里。摘满一笆篓，再将笆篓里的茶籽倒到箩筐里，箩筐也满了，然后才挑回去。满山的茶树，你得一棵树一棵树摘完。摘完树上的，如果人手得闲，还要将掉落到树下的茶籽再捡一遍。摘茶籽得一个树枝一个树枝摘过去，避开枝丫和树叶，将藏在枝叶中间的茶籽揪下来；捡茶籽得翻开杂草和落叶寻找掉落的茶籽，摘茶籽和捡茶籽都是细致活，没半个来月做不完，急不得。茶籽摘完后得晾晒，在晒的时候挑拣出其他杂物和烂掉的茶籽。晾晒之后，里面的籽便爆了出来，将籽和壳用风车吹开来，茶壳留到冬天烤火熏腊肉，茶籽放在通风的地方风干，等到有空闲的时候再挑到榨油坊去榨油。旧式榨油用水力驱动，人力辅助，一步一步不仅是体力活，也是细致活，乱不得，急不得，这又得花上十天半个月。

本地茶籽油香，那香味纯正、浓郁、持久，灌在家中的瓷坛里，将口封住，隔段时间从里面舀一壶出来，炒出来的菜喷香喷香的，菜还未出锅，香味便从厨房飘满了整个屋子里，馋得人直流口水。东源人笑而不语，让你馋，他不急。

东源山多，山都是不高不陡的小圆山头，适合种植茶树，也便于将茶籽运下山。这还不算，茶树林还适合养鸡，鸡养在茶树林中，不愁吃食，茶树枝叶密，天晴能挡阳光，下雨能避风雨，鸡们要是高兴了，还能跳上茶树枝高歌几声。东源几乎处处是天然的养鸡场，东源人将鸡放养在茶树林中，由着鸡去野，自己该干吗干吗。

若是客人来了要招待，或者自己想吃点荤腥解解馋，那就得去茶树林中抓鸡。往往追上半天，将自己搞得灰头土脸，客人急，东源人不急，总得抓一只合适的才好。好不容易抓回那么一只倒霉的鸡，杀好，饭点早过了。客人急，东源人不急。爆炒或是炖汤？得想清楚。肚子饿得咕咕叫，正要抱怨东源人不厚道，却见东源人端着一盆香喷喷的鸡肉上桌了。此刻已经顾不了那么多，大快朵颐，吃得两嘴流油摸着肚子打饱嗝，回过头看，东源人正站在桌子边上笑眯眯地看着你吃。东源的土鸡，那可不是你想吃就吃得到的，若是吃了，那味道也不是你想忘就能忘得掉的。

东源山多地少，本来就不多的地又多是旱地，旱地最适合种啥？当然是番薯。二月打好种薯，四月就长出了种苗。山脚缓坡多，农闲时将杂草除掉，就能开辟出一块地，整好，施一遍肥，将番薯苗依次放土里，再将土覆上，这事就差不多了。等着番薯苗长盛，趁天气不热的早晚将疯长的苗理顺一遍，将成垄的番薯地整一遍再覆一遍土，番薯便开始茁壮成长。待到寒露一过，东源人便扛着锄头挑着竹篓将地里的番薯刨回家。

冬季农闲时节，东源人家家户户开始洗番薯、垒灶头，准备酿番薯酒。那个时候，东源到处飘着酒香，大家守着彼此的灶头品头论足，谁家的番薯酒香，谁家的味醇，总要争个面红耳赤，谁也不服谁。待到出酒之日，必是要邀请亲朋好友前来品鉴一番，慢慢尝，慢慢品，将短短的冬日拉得分外长。所以在东源人面前你不要吹嘘自己酒量好，到了东源，就算是最好的酒量，也会喝得你王八不认识乌龟。

旧时东源因为山多地少，再加上交通不便，老百姓日子过得清苦。辛辛苦苦摘的茶籽榨出油，挖的番薯酿出酒，大多要拿出去变卖了换其他生活用品。就是家里养的土鸡，大多也是卖了换钱。所谓的东源三宝，实际上是东源人养家糊口的生计。

但是现在的东源就不同于往日了，改革开放四十多年，老百姓的生活发生了翻天覆地的变化。特别是国家提出乡村振兴的战略规划，乡村面貌更是焕然一新。如今的东源人也过上了好生活，东源三宝已经成了东源的一张亮丽的名片。东源人热情豪爽，去东源做客，东源人杀土鸡，用茶油炒一桌子菜，再上一壶正宗的番薯酒，陪着你边吃边喝慢慢唠嗑。别埋怨人家啰唆，那是东源人将你当朋友了。

长平味道

如果要问上栗人：你知道“东源三宝”是哪三宝吗？上栗人多半能回答得出，“东源三宝”：茶油洗脑、土鸡当饱、番薯酒洗澡。但是如果要问长平有哪“三宝”，可能就有人支支吾吾答不上来了。那么长平究竟有哪“三宝”呢，上栗人可要听好记住了，“长平三宝”分别是长平黑山羊、长平手工挂面和长平老月饼。

“长平三宝”虽然没有“东源三宝”名气那么大，但是胜在独具特色，是正宗的长平味道。

长平乡地处吴头楚尾，背靠杨岐山和云峰岭，境内山多地少，长平人聚水成塘，围塘而居，所以长平有好多地名都带“塘”字，比如黄泥塘、石塘、淡塘、长塘等。相比于上栗其他乡镇，长平缺水少田、交通不便，没有得天独厚的自然条件，但是长平人靠着聪慧的头脑和勤劳的双手，打造了以“长平三宝”为龙头的一系列美食产品，走出了一条属于自己的发展道路。

“长平三宝”之首，便是闻名萍浏醴地区的长平黑山羊。长平境内虽然山多，但山并不高，属于典型的丘陵地貌，这就为长平发展养殖业提供了极好的场地。在选择养殖对象时，长平人根据山地特点，重点选择养殖本地山羊。南方本地山羊与北方的绵羊相比，膻味较小，而且肉质鲜嫩，

是餐桌上不可多得的美味佳肴。但长平人仍然不满足，他们不断引进外地羊和本地羊进行杂交选种，最终培养出了新品种——长平黑山羊。长平黑山羊毛色黑亮，身形矫健，肉质细嫩，味道鲜美，不仅膻味极小，而且营养价值比普通山羊更高。

长平人喜欢散养山羊。午饭后，便将羊群赶出羊圈，房前屋后众多的丘陵便是天然的养殖场，漫山遍野的绿色植物便是最好的饲料。羊儿上蹿下跳，吃饱喝足，到了傍晚，头羊自会带领羊群回到羊圈。散养山羊既能为长平人带来一笔额外的收入，又不会影响他们干其他农活，所以一直以来，长平都是远近闻名的黑山羊养殖基地，名声在外，吸引了大批外地人前来品尝和购买羊肉。

长平人不仅擅长养羊，而且能把它们做成一道道颇具长平特色的佳肴，无论是清蒸还是爆炒，无论是切片还是做汤，长平人都能做出绝活，做出色香味俱佳的菜肴。到长平做客，最稀罕的便是那碗鲜嫩爽口的羊肉，吃完唇齿留香，那味道，真的是让人回味无穷啊。

长平第二宝即为手工挂面。长平手工挂面细腻丝滑，弹性足，口感好，在上栗可谓家喻户晓。每年十月到第二年三月，气温和湿度刚刚好，是制作手工挂面的黄金时期。

国庆假期一到，长平做挂面的师傅便开始忙活了，选最好的小麦粉和面、发酵。做挂面是辛苦活，发酵需要一段时间，往往白天完成这几道工序，要等到下半夜。凌晨时分又要起床，将发酵好的面粉搓熟，再用刀切成条。切好的条或大或小，并不规则，需要师傅盘条，用手将面条搓得更细、更匀称。然后上面筷，将面条缠绕在长筷子或细木棍上面，两边不断拉扯，面条越拉越细，一直要拉到两米左右、粗细适中。完成这些工作，天已经大亮了，正好可以挂面、晒面。遇上晴好的天气，将拉好的面放到专门的晒架上推到空旷的地方晾晒。每年秋冬时节，长平做挂面的地方到处都是面条晒架，阳光打在垂柳般的面条丝上，让人感觉特别柔和、特别温暖，丝毫不亚于婺源的篁岭晒秋。如果遇上雨天，那就用火炕或恒温设备烘干。晒干或烘干后的面条收起来，放在长案板上用剪刀剪短包装，成品就算出来了。

长平手工挂面香，筋道，韧性十足，吃起来特别滑溜，因而远近闻名。

极具个性的桐木人

曾听一位从东源调到桐木的乡镇干部说，东源人喝的番薯酒好入口，但后劲足，东源人性子比较悠，喝酒喜欢扯酒，酒边喝边解，酒喝完了，也就差不多解完了。而桐木人不同，桐木人喝的是谷酒，谷酒一喝就上头，所以桐木人喝酒比较急，喝完下桌回家睡觉，不管醉没醉，别人甭想看洋相。喝谷酒的桐木人性子急，做事风风火火，不喜欢拖泥带水。当然，这只是调侃，当不得真。上栗十个乡镇，个个都有自己的特色，但个人认为，桐木人却是最具特色的。

桐木人有极强的家乡观念和家族观念。桐木人无论在外生活多久，只要身边有桐木人，两个桐木人之间说话一定会讲桐木话。桐木人还有一点特别有趣：由于各种原因反目成仇、水火不容的亲兄弟，一旦有外来威胁，马上就会联合起来一致对外。即便亲族人之间存在矛盾，但如果与外姓人发生纠纷，亲族立刻就会团结一心。桐木人喜欢比。在家乡兄弟姐妹之间比，家族之间比，不同宗族相互比；出门在外就跟外人比。总之出人头地就会受人尊崇，混得不好就会被瞧不起。所以桐木人干事都很拼，是典型的实干派，有想法就会付诸行动，不屈不挠。这种精神在桐木花炮老板身上体现得淋漓尽致，桐木的老板绝大多数都是白手起家，靠自己的艰苦努力、坚韧不拔打下一片江山。每个老板的人生经历，都是一部值得学习借鉴的创业史、奋斗史。但凡有点成就的桐木人，不论成就大小，地位高低，都相当顾念家族家乡，会想方设法为家族家乡做点贡献。桐木人的这种特点，是上栗其他乡镇没有的，即使有也绝没有桐木人那么强烈，那么明显。

桐木民风彪悍。曾听一朋友笑谈，假若有人跑过来告诉你，两个鸡冠山人在吵架，等你跑过去看热闹时，二人可能已经散了，在众人的劝说下各回各家了。若是有人告诉你两个桐木人在吵架，当你心急火燎地赶到现场时，很可能两人架已经打完了，此时正躺在120急救车上被送去医院了。这虽然是个调侃的笑话，但也并非无稽之谈。听老一辈人说，改革开放初，物资极度匮乏，那时化肥是稀缺货，为平均分配只能采取计划拨付，但计划拨付的数量实在是少得可怜，所以当时从萍乡运出的化肥都遭到沿途群众的哄抢，往往货车还没到达目的地，一车化肥已被抢光。当然，运往桐木的化肥也成了哄抢的对象。没有化肥，粮食产量就上不去，桐木本来就人多地少，所以上上下下都心急，于是一声令下，各村派人组织护卫队！呼啦一声，各村都不甘示弱，派出村上最强的打师护送化肥。萍乡化肥厂货车一出来，桐木两部站满各村打师的敞篷卡车也同时出发去接应。货车走到赤山路段，赤山人便像往次一样扒车抢东西，司机根本不敢阻止。这时桐木的护卫队正好来了，赤山人根本就不把他们放在眼里，俗话说得好：强龙斗不过地头蛇。以前也有乡镇组织过护卫队，但面对赤山人人多势众的本土优势，护卫队根本就不敢下车，只能眼睁睁地看着化肥被抢走。所以桐木护卫队来了赤山人一点也不怕，面对卡车上桐木人的呵斥，赤山人回以雨点般的石头，集中站在卡车上的桐木人顿时成了活靶子，一个个被石头砸得头破血流，这下惹恼了那些打师，他们纷纷从卡车上跳下来追打赤山人。赤山人哪里是这些打师的对手，顿时一个个被打蒙了，吓得落荒而逃。桐木人一战成名，从此都传桐木人个个能打，沾惹不得，此后送桐木的化肥再无人敢抢。当然，在那个年代大家都是为了要吃碗饱饭，并不是彼此之间有什么深仇大恨，但桐木人的团结和强悍由此可见一斑。

桐木人还有一个特点，那就是热情，好面子。跟桐木人打交道，总是能感受到他们的热情，他们认朋友，讲义气。若是认了你这个朋友，脑袋能给你当凳子坐。但是如果惹恼了桐木人，那也够你喝一壶的，能使出软的硬的各种手段。到桐木当干部，特别是外乡镇去的干部，都特别有体会。桐木人服硬不服软，你得有几把刷子，不然你管不住手下的人，更别说顺利开展工作了。但硬要硬在理上，一味蛮压，桐木人是不会买账的，还有可能要赖拼命。比起文绉绉的书生，桐木人更服强势点的领导。新中国成立后领导桐木人修枣木水库的戴老爷子，就是有名的强人，他身先士卒，敢于担当，参加修水库的桐木人都怕他手里那杆一尺多长的铜烟枪，管你是谁，只要不听话偷懒，烟枪马上便会敲到头上来。戴老爷子硬是带着桐木人，依靠双手双肩，完成了修建枣木水库的浩大工程，造福了子孙后代，也为自己在桐木树立了极高的威望。

综观上栗十个乡镇，从地理位置上来说，大体上分为两块，以杨岐山为界，福田、彭高、赤山、东源、长平属南边乡镇，北边乡镇则包括上栗、桐木、金山、杨岐和鸡冠山。南边乡镇靠近萍乡县府，受萍乡风气影响较大，再加上出过一些大家，如赤山刘家、清溪喻氏等，人文教化、家族传承更重礼制，所以南边乡镇普遍重文重名。而北边乡镇靠近边界，历来人多地少，封建社会重农抑商，北边乡镇却打破束缚，长期以经营花炮、造纸等各种手工业为主，并且做得风生水起，再加上北边乡镇处于吴头楚尾，历来为兵家重地，所以北边乡镇自古民风强悍，在名利选择上更趋利。

桐木则更是偏安一隅，在行政区划上属于上栗，但是桐木无论是从生活习性还是语言特点上，却更接近浏阳、醴陵。桐木因为边贸生意与醴陵、万载、宜春来往频繁，桐木人一方面为生存发展要与周边搞好关系，另一方面又因生意、土地等诸多矛盾与周边地区发生争执。历史上桐木宗族之间，桐木与周边地区都发生过大规模械斗。特殊的地理位置，狭窄的生存空间，造就了桐木人与众不同的性格特征。跟桐木人打交道，总会让我想起《亮剑》中的李云龙“狼行千里吃肉，狗行千里吃屎”“狭路相逢勇者胜”的台词，这些其实早已流淌在桐木人的血液里了。

“野路子”的南昌

南昌其实是座很有意思的城市，除了英雄城的名声外，最大的特点是夏天的时候热得要命，素有“火炉”之称；冬天的时候又是飕飕的冷风不停地刮，冷死人不偿命。很是奇怪，靠近那么大的鄱阳湖，为啥不是冬暖夏凉?

作为江西人，直到去年我才借培训的机会第一次去省会南昌，因而对于南昌的一切也就感到特别好奇。遗憾的是，南昌于我，并没有留下什么好印象，第一感觉便是南昌这座城市有些乱，跟印象中高大上的省会城市有不小的差距。如果要用一个字来形容南昌，我会选择“野”字，感觉南昌路子特别“野”。

第一“野”是电动自行车。行走在大街上，感觉电动自行车才是马路的王者，穿大街走小巷，悄无声息地来来往往，简直无可阻挡。行人走在南昌的大街上千万别看手机，因为骑车的人不会照顾你、礼让你，他会径直奔你而来，像蛇一样从你身边溜过，把你吓出一身冷汗，当你跳起来想要骂娘的时候，他们已经消失在车流中了。在南昌开车也要打起十二分精神，这里的电动自行车往往将豪车甩在身后，你急他不急，你不急他急。特别是上下班高峰期，那铺天盖地的车流裹挟着你往前，形成一道特有的风景。

第二“野”是南昌话。南昌人讲话语速快，音量高，外地人听南昌人讲话，感觉是在跟大妈斗嘴，是在对骂。今年去南昌培训，因为小组讨论结束得太晚了，于是几个萍乡的同志相约到外面去吃顿饭，正好隔壁包厢里坐着的是南昌人，他们在里面斗酒，包厢门一开，里面便像是在吵架。喝得兴致颇高的时候，自然大声吆喝，那种旁若无人的气势，应该只有南昌人才有。

第三“野”是南昌的店铺。走在南昌最繁华、最热闹的街道，你会发现高楼大厦的名品店旁边就是地摊，西餐厅旁边就是卖葱油饼的。这些小店并不会因为紧挨着大店就自惭形秽，它们泰然自若，一间小门面，几张破旧的桌凳；或是夫妻档，或是姊妹店，也打出一个“祖传什么什么”，或是“正宗什么什么”的牌匾。可别小瞧了这些小店，生意也能做得风生水起。即便是小巷里，可能也有你想象不到的市井传奇。南昌人从古到今就会做生意，赣商在整个中国历史上都是响当当的存在。赣商路子野，什么都做，什么都能做好，能做大，能做出名气，能赚到钱。直到现在，南昌人还是以会做生意出名。

南昌这个地方，总是让人捉摸不透。一会儿看到的是偌大的广场上竖立着精致的雕像，音乐喷泉随音乐摇摆起舞，一会儿又是道路中间排着几个消防桩，你还没从灯红酒绿中醒过来，可能就被绊倒了；一会儿出租车司机对你热情有加，各种贴心照顾让你有宾至如归的感觉，转眼可能就听见他骂娘骂街，各种吐槽、各种不屑。精致的行道树后面，可能藏着斑驳的老房子；霓虹灯下行走的，可能是无家可归的流浪汉；风寒酷暑中，可能有艰难的守摊人……

“野路子”的南昌，有时候像夏天一样热情，有时候像冬天一样冷酷。作为外地人，要想走进南昌这座城市，容易；要想融入南昌人的圈子，难！